ARTIST
IVORY YEUNMI LEE

현대문학 ✕ 아티스트
이연미

〈현대문학 핀 시리즈〉는 아티스트의 영혼이 깃든 표지 작업과 함께 하나의 특별한 예술작품으로 재구성된 독창적인 소설선, 즉 예술 선집이 되었다. 각 소설이 그 작품마다의 독특한 향기와 그윽한 예술적 매혹을 갖게 된 것은 바로 소설과 예술, 이 두 세계의 만남이 이루어낸 영혼의 조화로움 때문일 것이다.

이연미 국민대 미술대학 회화과 및 동 대학원 회화과를 졸업했다. 도쿄갤러리 개인전을 시작으로 갤러리현대, 서울시립미술관, 상하이미술관 등 국내외에서 개인전과 단체전에 참가했다.
자신만의 정원을 구축하고, 현실과 판타지 사이의 간극을 극대화시키며 거칠게 날이 선 나무와 신비롭고 낯선 형상의 동식물이 뒤섞인 서정적 조형세계를 구축하며 활발하게 활동하고 있다.

풀업

강화길

풀업

강화길

소설

PIN
048

차례

PIN

048

풀업

강화길

1

지수는 서른여섯 살이었고, 어머니와 함께 살았다. 두 사람의 집은 이 소도시 외곽의 오래된 빌라 2층으로, 방은 세 개였고 창문은 작았다. 처음부터 둘이 살 생각으로 고른 집은 아니었다. 집은 철저히 어머니 박영애 씨의 소유였다. 물론 남편의 사망보험금, 약간의 저축, 역시나 약간의 대출, 그리고 둘째딸 미수의 경제적 도움이 뒤섞여 있긴 했지만, 어쨌든 영애 씨가 석 달 넘게 직접 발품을 팔아 찾아낸 그녀만의 아늑한 궁전이었다. (아, 미리 말해두자면 궁전이라는 표현은 비유가 아니다. 영애 씨 집의 실제 명칭이다.) 〈무궁화 궁전〉 203동 201호.

5년 전까지만 해도 지수는 〈무궁화 궁전〉에 살 생각이 없었다. 영애 씨가 이사를 준비하던 그즈음 지수는 (지금 다니는) 컨설팅 회사로 막 이직을 했고, 매우 정신이 없었다. (지수는 대학을 재수해 들어갔고, 학교를 다니던 동안에는 어지간한 아르바이트 면접에서 다 떨어졌으며, 당연한 수순을 밟듯 취직도 늦었다. 그래서 언제나 살짝 과한 의욕과 부담에 휩싸여 있었다. 남들보다 잘해야 한다, 능력을 증명해야 한다, 잘하자, 잘하자, 잘하자!) 그래서 지수는 낯선 동료들 앞에서 노련하고 유능한 척을 하며 매일 진을 빼고 있었다. (덕분에 무척 부자연스러워 보였고, 이전 직장에서와 마찬가지로 누구와도 친해지지 못했다.) 지수는 피곤했다. 영애 씨를 따라 집을 보러 다니던 때도 마찬가지였다. 모든 것이 귀찮았고, 그래서 내내 딴짓을 했다. 회사 앞 식당의 백반 메뉴에 대해 생각했고 (그녀는 차가운 계란말이가 싫었다. 부추전은 따뜻하게 덥혀 나오면서 계란말이는 왜?) 저녁에 볼 영화를 고민했고 (당시 그녀는 오컬트에 빠져 있었다.) 멍하니 방바닥을 바라보다가 남자친구와 문자를 주고받았다. (그는 그녀의 답장이 늦어지면 짜증을 냈다. 지수 역시 똑같이 굴었다.) 아, 물론 지수는 영애 씨의 질문에 대답을 하기는 했다. (엄마 앞에서의 한결같은 습관이었다. 말이 지나치게 많거나, 이상할 정도로 적거나.) 영애 씨가 물었다. 이 집 괜찮은 것 같지? 응. 여긴 별로지? 응, 별로네. 이 집은 겨울에 좀 추울 것 같다. 응. 추울 거야. 어차피 지수는 알고 있었다. 자신의 의견은 영애 씨의 선택에 별다른 영향을 미치지 못한다는 것. 그리고 솔직히 동생 미수처럼 돈을 보태는 입장도 아니었기에 나서기도 좀 그랬다. 지수는 그냥 가만히 있었다. 그래서였다. 지수는 그때 영애 씨와 함께 둘러본 집들 대부분을 다 쉽게 잊어버렸다.

〈무궁화 궁전〉은 달랐다.

지수의 방은 현관문 바로 건너편에 붙어 있다. 침대와 책상, 작은 옷장만으로 공간이 꽉 차는데, 5년간 늘어난 살림살이 때문에 이젠 거의 발 디딜 틈이 없을 지경이다. 그리고 방음이 좋지 않다.

(지수가 결코 이해할 수 없는 사실이 하나 있다. 십 대들은 왜 남의 집 계단 앞에서 연애를 하는 걸까? 왜 그런 곳에서 손을 잡고 입을 맞추고 싶어하지?) 그랬다. 지수의 방에서는 온갖 소리가 다 들렸다. 술에 취해 킬킬대는 소리, 느닷없이 터져 나오는 기침 소리, 담배에 불을 붙이는 소리, 성급한 발걸음 소리. 그런 잡다한 소음에 둘러싸여 있다 보면 쉬어도 쉬는 것 같지 않았다. 그리고 자꾸만 이 집을 처음 봤던 날이 떠올랐다. 지난 세월의 흔적이 역력히 드러나던 건물의 외관. 좁고 지저분한 복도. 무겁게 열리던 낡은 현관문. 곰팡이가 피어 있던 화장실 천장. 그런데 영애 씨 얼굴에는 화색이 돌았다. 지금 지수가 기거하는 그 문간방을 보고서 말이다.

"와, 이 방 좋다. 손님방으로 쓰고 싶다."

"손님?"

"응."

"어떤 손님을 부른다는 거야?"

이에 영애 씨는 눈썹을 찡그리며 쌀쌀맞게 대답했다.

"왜? 나는 친구가 없을 것 같니?"

그런 뜻이 아니었으나 지수는 아무 말도 하지 않았다. (솔직히 말하자면 정말로 그런 뜻이 아니었던 건지 지수는 확신하지 못했다. 손님? 엄마에게 그렇게 절친한 친구들이 있었나? 방을 내주고 잠을 재울 만큼?—그때 지수의 판단력은 정확했다.— 지수는 영애 씨가 무슨 생각으로 그런 말을 한 건지 전혀 알 수 없었고, 그때의 의문과 혼란은 지금까지도 지수의 내면에 얌전히 자리하고 있다.) 어쨌든 덕분에 지수는 〈무궁화 궁전〉을 기억하게 됐다. 그렇다고 해서 〈무궁화 궁전〉이 별로였냐 하면, 그건 아니었다. 그 집은 영애 씨가 까다롭게 내세웠던 온갖 취향과 조건—일단 예산, 좁은 신축보다는 차라리 넓은 구축, 가까운 버스 정류장, 30분 거리의 문화센터와 병원, 시장—에 나름대로 부합하는 곳이었다. 주변에 나무도 꽤 많았다. 가끔 빌라 단지 주변을 산책할 때면 숲속을 거니는 느낌이 들었다. 지수가 〈무궁화 궁전〉에 관심이 없었던 건 동네를 싫어해서가 아니었다. 영애 씨와 함께 살 생각이 없었기 때문이었다.

(회사 주변에 원룸을 얻어 살고 있던 그때, 그녀는 어서 돈을 모아 더 큰 집으로 이사할 생각에 부풀어 있었다.) 하지만 시간이 흐르고, 〈무궁화 궁전〉의 문간방에 살게 되면서, 지수는 그런 생각을 하게 된다. 결국 나는 여기에 들어올 운명이었나? 이렇게 살게 될 팔자였나? 혹시 엄마는 다 알고 있었나? 내가 겨우 모은 돈 천만 원을 전세 사기로 날리고, 대출 빚을 지고, 남자친구에게는 차이고 (그 이후로는 누구도 만나지 못하고) 밤마다 얼굴 없는 인간들이 등장하는 꿈을 꾸다가 번쩍 눈을 뜰 운명? 아, 혹시 내가 엄마의 손님인가?

언젠가 미수가 이런 말을 한 적이 있다.

"난 항상 언니가 뭘 모른다고 생각했어."

그리고 오늘.

지수는 또 잠에서 깨어났다. 새벽 4시 23분이었다. 이번에도 꿈을 꿨다. 얼굴 없는 인간들이 나오는 꿈. (아니, 얼굴이 아주 없는 건 아니었다. 형태는 있었다. 공중에 둥둥 떠다니는 풍선 같은 얼굴.

눈과 코와 입, 그 어느 것도 달려 있지 않은 동그란 얼굴 그 자체.) 지수는 누운 채로 천장을 가만히 바라다보았다. 방이었다. 오직 혼자 누워 있는 방. 그녀는 한숨을 쉬며 침대에서 겨우 일어났다. 손바닥으로 얼굴을 세게 비볐다. 손끝에 미끌미끌한 유분이 묻어났다. 목이 아팠다. (당연했다. 밤새 소리를 질렀으니까.)

그나마 다행인 건, (글쎄, 정말 다행인지는 모르겠지만) 당하고만 있지는 않았다는 것이다. (그래서 소리를 지른 것이고) 바로 그게 꿈의 패턴이었다. 어느 순간 정신을 차려보면 달리고 있다. 앞은 캄캄하다. 달리고 또 달린다. 뒤에서 얼굴을 알아볼 수 없는, 그래, 얼굴을 알 수 없는 누군가 계속 쫓아온다. 그 사람은 지수를 잡아서 뭘 어떻게 하고 싶은 걸까? 알 수 없다. 어쨌든 잡혀서는 안 된다. 본능이 지수를 몰아세운다. 도망쳐라. 뛰어라. 완전히 사라져라. 그래서 지수는 뛴다. 계속 뛴다. 그런데 꿈속에서도 숨이 찰 수 있나? 있다. 너무나도 숨이 찬다. 무의식은 지수가 고등학교 체육 시간 이후로 운동이라고는 거들떠본 적이 없다는 사실을 잘 알고 있는 듯하다. 열 걸음도 채 뛰지 않았는데 호흡이 가빠오고 심장이 터질 듯 쿵쾅거린다. 지수는 팔을 휘저으며 앞을 향해 뛰고 또 뛴다. 금방이라도 쓰러질 것 같다. 더는 달리지 못할 것 같다. 그래서 멈춘다. 뒤를 돌아본다.

그 기분이란 정말이지.

살면서 지수는 누구에게도 그렇게 소리를 지른 적이 없었다. 하지만 꿈에서는 했다. 삿대질을 했고, 욕을 했다. 때리기도 했다. 침도 뱉었고, 목도 졸랐다. 그렇게 다 이겨버렸다. 상대들은 모두 지수에게 아무 말도 못 했고, 사과를 했다. 얼굴은 없지만, 익숙하기 짝이 없는 사람들. 참 의아한 일이다. 얼굴이 없는데, 지수는 그들이 누구인지 매번 어떻게 알아챘던 걸까? 혹시 그 사람들이 지수의 꿈속으로 찾아온 게 아니라 지수가 그들을 불러들인 게 아닐까. 모욕하고 싶어서, 분을 풀고 싶어서. 누구를? 어린 시절 지수를 은근히 따돌렸던 동네 친구, 중학교 때 담임선생님, ─그때 그는 지수의 엉덩이를 걷어찼는데, 이에 볼멘소리(거센 항의가 아니라 미약한 볼멘소리 "아, 왜 그러세요.")를 하자 한 시간 내내 그녀에게 욕을 했다.― 이제는 거의 연락하지 않는 고모네 가족, 할머니, 아빠(그를 떠올리지 않기란 쉽지 않다), 전 남자친구, 그리고 원룸의 집주인. 아, 그래. 그녀의 전 재산을 들고 사라진 다정한 미소의 여인. (고전적인 수법이었다. 전 세입자에게 보증금을 돌려주지 않고 버티다가, 경매가 들어오자 자취를 감춰버리는 것. 지수가 살던 건물의 세입자 여럿이 똑같이 당했다.) 그래서 지수는 꿈에 나타난 여자의 목을 졸랐다. 하지만 무슨 소용인가.

꿈에서는 결국 깨어나기 마련인 것을.

바로 지금처럼.

지수는 손바닥으로 다시 얼굴을 문질렀다. 이번에는 손바닥 전체가 미끌미끌했다. 잠은 이미 달아난 상태였다. 그녀는 침대에서 일어나 불을 켰고, 책상에 앉았다. 할 게 없었다. 책, 드라마, 음악, 영화, 그 어떤 것에도 마음이 가지 않았다. 물론 시

도를 해보기는 했다. 화들짝 깨어나던 지난 몇 달
내내 그런 궁리만 했다. 영화를 한 편씩 볼까. 영
어 공부를 할까. 아니면 책을 읽고 명상을 해볼까.
실제로 지수는 명상에 대한 책을 샀다. 영국 명문
대학에 다니던 여자가 불교에 빠져 인도에 수행을
갔다가, 몇 년 후 깨달음을 얻어 돌아온, 그 여정을
담은 에세이.

　여자는 말했다. 현대인들은 삶에 기대가 너무
많다고.
　(지수는 이 구절을 읽고 정신이 번쩍 들었다.)

　타인을 기준으로 자신을 판단한다고.
　(지수는 또 다시 놀랐다. 역시, 뭔가를 아는 사
람이구나.)

　그게 괴로움을 유발한다고.
　(지수는 기대에 찼다. 자, 그러면 어떻게 해야
하나?)

여자는 말했다. 명상을 하라고.

"명상은 고통의 순간을 차단하는 가장 효과적인 방법이다. 일어나지 않은 일, 이미 일어난 일 모두 잊을 수 있다. 인간에게는 무한한 능력이 있다. 식욕과 성욕, 그 외의 모든 불평불만과 욕구, 모두 제어 가능하다. 뇌를 조절해야 한다. 인간은 절제의 동물이다. 인간만이 그 능력을 활용할 수 있다."

(그러니까 어떻게?)

놀랍게도, 그 방법은 나와 있지 않았다. (글쎄, 사람마다 감상이 다를 것 같긴 한데 아무튼 지수는 그랬다.) 책은 이런 식으로 구성되어 있었다. 제1장에서 작가는 명상을 하면 모든 고민이 해결된다고 설파한다. 명상의 장점에 대해 잔뜩 서술한다. 그러다 갑자기 글을 마무리하며, 다음 장에서 자세히 설명하겠다고 선언한다. 그런데 제2장이 시작하자마자 작가는 인도에서 만난 남자에 대해 서술한다. 그와의 에피소드 1, 에피소드 2, 에

피소드 3……. 결국 관계의 진전을 이루지 못하고 작가는 깨달음을 얻는다. 그걸 또 서술한다. "내가 원하는 건 이런 것이 아니었다. 나 자신을 향한 더 깊은 몰입이었다. 그래서 명상을 시작했다." 이어 제3장으로 넘어간다. 이번에도 방법에 대한 이야기는 없다. 인도의 날씨에 대한 묘사가 끝없이 이어질 뿐. 그러다 마지막 장에 이르러서야 드디어 방법이 나온다. "숨을 4초 들이마시고, 7초 내뱉을 것." "반복할 것."

지수는 분통이 터졌지만, 시도해보았다. 정말로 한동안 그녀는 새벽에 눈을 뜨자마자 방바닥에 가부좌를 틀고 앉았다. 호흡을 조절했다. 그런데 말이다. 자꾸만 당근 생각이 났다. 그래, 여자가 수행 기간에 먹었다는 당근. 당근. 당근. 지수는 눈을 감고 숫자를 세고 있을 때면 자꾸만 당근이 떠올라서 미칠 것 같았다. 여자는 당근을 어떻게 먹었다는 걸까. 생으로? 삶아서? 볶아서? 그리고 당근만 먹었을까? 다른 음식은 일체 안 먹었나? 왜 '당근을 주로 먹었다'라고 쓴 거지? 다른 설명은 왜 없지? 이 작가는 왜 다 이런 식인가. 구체적으로 말해줘야지. 안 그래? 단순하고 정확한 방법을 일러주는 게 이런 에세이의 역할 아닌가? 아니야?

결국 지수는 명상을 때려치웠다. 그리고 한 2주 전부터는 그냥 거실로 나갔다. 냉장고에서 먹을 걸 꺼내 텔레비전 앞으로 갔다. 목적은 없었다. 어느 프로라도 상관없었다. 지수에게 필요한 건 갑자기 주어진 시간을 때우는 것이었으니까. 지수는 사과나 그릭 요거트, 크래커 같은 걸 먹으며 새벽 6시가 되기를, 아침 7시가 되기를, 그래서 아무 생각 없이 출근할 수 있는 시간이 되기를 기다리고 또 기다렸다.

그런데, 말해둘 사실이 있다.

지수는 사기를 당하긴 했지만, 나름대로 쉽게 극복했다. (지수는 동의하지 않을지도 모르겠지만 어쨌든) 5년 전, 지수가 일을 당하자마자 영애 씨가 300만 원을 건넸고, 미수는 500만 원을 줬다. (두 사람 모두 갚지 않아도 된다고 말했다.) 그 돈으로 지수는 덧없이 이자만 나가고 있던 대출금의 일부를 갚았고, 그만 울었다. 곧장 〈무궁화 궁전〉으로 이사했고, 열심히 돈을 갚기 시작했다. 덕분에 지금 지수는 빚이 없다. 그럼에도 불구하고 지수가 영애 씨와 함께 살고 있는 이유는 (뭐, 여러 가지가 있지만) 두렵기 때문이다. 같은 일이 또 생길까봐, 더 크고 흉한 화를 입을까봐.

이제 지수는 오컬트 영화를 좋아하지 않는다.

지수는 냉장고 앞에 섰다. 영애 씨를 깨우고 싶지 않았기에, 최대한 어떤 소리도 내지 않으려 노력했다. 귀리 우유(요즘 영애 씨의 취향이었다.)를 꺼내 컵에 따랐다. 발끝으로 걸어 거실로 나갔다. 소파에 기대앉은 뒤 리모컨을 들었다. 텔레비전 전원을 켜자마자 음소거를 설정했다. 새벽 뉴스가 방영되고 있었다. 한 시대를 풍미했던 미국의 여가수가 세상을 떠났다고 했다. '이 시대 팝의 상징' '세기의 인물' '결혼 실패와 마약으로 얼룩진 젊은 날' '시련을 이겨내고 시작한 새로운 삶'. 지수는 문득 그녀가 꿈에 나와줬으면 좋겠다는 생각이 들었다. 지수는 그녀에게 물어보고 싶었다. 당신도 꿈을 꿨나요? 꿈에서 깨고 나면 어떻게 했나요? 하지만 그녀가 꿈에 나타날 리 없었다. 꿈속의 사람들은 지수가 적어도 한 번쯤은 직접 만났던 이들이었다. 지수의 신뢰를 가져가고, 시간을 함께 보내고, 이야기를 나눠본 적이 있는 사람들.

어쩌다 그들을 이렇게까지 미워하게 되었나.

지수는 귀리 우유를 한 모금 더 마시고서 소파에 옆으로 누웠다. 몸이 무거웠다. 머릿속이 흐릿했다. 그래. 중학교 때 그 인간 정도는 내가 미워할 수 있지. 그리고 집주인도 미워해도 돼. 그 인간들을 안 미워하면 누구를 미워하겠나. 전 남자친구도 떠올랐다. 그는 지수가 사기를 당했을 때, 괜찮냐는 문자만 세 번 보냈다. 그래. 세 번. 세어보니 딱 그랬다. (나중에 지수가 서운함을 토로하자, 그는 정색하며 대꾸했다. "너는 내가 감기 걸렸을 때 괜찮냐는 질문조차 하지 않았어. 그러면서 지금 나한테 뭐라고 하는 거야?") 그녀는 그를 꿈에서 다시 만났고…… 뭐, 그랬다. (물론, 그가 아플 때 지수가 가만히 있었던 건 사실이었다. 틀린 말은 아니었다.)

지수는 기지개를 켜며 소파에 바로 누웠다. 천
장을 바라보았다. 텔레비전에서 흘러나온 빛이 희
미하게 일렁이며 그림자를 만들었다. 지수는 그
광경을 멍하니 바라보다 생각했다. 그래. 미워해
도 돼. 그놈까지는 미워해도 돼. 하지만 의문이 들
었다. 그럴 가치가 있을까. 설쳐가며 굳이? 매일
밤 누군가를 미워하고, 소리 지르고, 분을 이기지
못하며 잠에서 깨어나 허망하게 시간을 보내는
삶. 지수는 손에 얼굴을 묻고 중얼거렸다.

"아…… 나 진짜 별로인 것 같다."

2

말해둘 사실이 하나 더 있다.

지수가 모른 척하는 이야기. 인정하지 않는 이
야기(지수는 그 꿈에서 깨어날 때마다 매번 모른
척한다). 하지만 이 이야기를 계속 이끌어나가기
위해서는 지금 여기서 밝혀둘 필요가 있을 것 같
다.

지수의 꿈에는 영애 씨와 미수도 나온다.

*

음, 별로 놀라운 사실은 아닌가?

*

지수는 귀리 우유를 삼키다 슬쩍 영애 씨 방 쪽을 바라보았다. (영애 씨는 거실 안쪽에 있는 큰방을 쓰며 맞은편의 작은방을 창고처럼 사용했다. 한때 지수는 작은방으로 옮기는 걸 진지하게 고민했으나 결국 관뒀다. 영애 씨의 방 맞은편에서 생활해야 한다는 사실이 부담스러웠다. 지수가 다른 사람들의 소리를 듣는 것처럼, 영애 씨 역시 지수의 소리를 들을 것이다.)

혹시 엄마가 깨지는 않았겠지?

지수는 눈치를 보며 소파에 몸을 깊이 파묻었다. 영애 씨와 마주치고 싶지 않았다. 이유는 많았다. 어수선한 마음으로 인사하고 싶지 않았고, 왜 깨어 있는지 말하고 싶지 않았다. 솔직히 그냥 말을 하기가 싫었다. (정말로 그냥 말을 하기가 싫었다. 발언, 발화, 언어 행위 그 자체.) 영애 씨를 싫어한다거나 그런 건 아니었다.

(지수는 가족을 사랑했다. 정말로.)

조금 더 자세히 이야기해보자. 앞에서 잠깐 언급했는데, 지수와 영애 씨의 대화에는 두 가지 특징이 있다. 첫 번째는 영애 씨의 질문에 지수가 짤막하게 대답하는 것. 두 번째는 지수 혼자 끝도 없이 떠드는 것. (기억하자. 말이 지나치게 많거나, 이상할 정도로 적거나.)

첫 번째에 대해서는 충분히 설명했던 것 같으니, (이 집 괜찮은 것 같지? 응. 여긴 별로지? 응, 별로네. 이 집은 겨울에 좀 추울 것 같다. 응. 추울 거야.) 두 번째에 대해 이야기해보겠다.

지수는 본래 말이 많은 성격이 아니다.

그러나 영애 씨 앞에서는 수다스러웠다. (그럴 때가 있었다. 5년 동안 더 그렇게 됐다.) 지수는 정말로 영애 씨에게 온갖 이야기를 다 했다. 어린 시절에는 좋아하는 남자아이에 대해서, 절교한 친구에 대해서, 무서운 체육 선생님과 사랑하는 음악 선생님에 대해서 끊임없이 떠들었다. 음. 그래. 이 정도는 누구나 할 수 있다. 하지만 지수의 이야기는 조금 더 깊었다. 그녀는 언제나 '마음'에 대해서 이야기했다. 그래. 마음. 짝사랑하는 남자아이를 향한 괴로운 마음. 그 아이와 함께 집에 오던 길에 느낀 행복한 마음. 미워하는 친구, 그 아이 때문에 느끼는 혼란스러운 감정, 분노와 슬픔, 걷잡을 수 없는 질투. 그런데 말이다. 이게 다 사실이었을까?

이 이야기를 하고 싶다.

지수는 중학교 때 담임선생님이 자신에게 한 시간 내내 욕을 했던 일에 대해, 영애 씨에게 이야기한 적이 없다. 그가 그녀의 엉덩이를 걷어찼을 때, 지수는 분명 부당한 일을 당했다고 느꼈고, 수치심도 느꼈지만, 거세게 항의하는 것이 과연 옳은 일인지 확신할 수 없었다. 그래서 미약하게 볼멘소리를 했다. 그러나 그는 지수를 못된 아이(순화한 표현이다.)라고 말했다. 그때 느낀 당혹감과 억울함. 그러면서도 그녀 자신이 잘못했을지 모른다는 의심. 동시에 밀려드는 어떤 역겨움. 지수는 그 '마음'에 대해, (지금까지도) 영애 씨에게 절대 말하지 않았다. 숨겼다. 그리고, 영애 씨를 향한 진심 역시 감췄다.

그러니까 사실 지수는 엄마인 영애 씨가 어색하고 불편하다는 것.

그래서 말이 많아진다는 것.

지수는 그 사실에 오랫동안 죄책감을 느꼈다.

엄마가 어색하다고? 딸이? 그럴 수 있나? 보통 엄마와 딸은 친밀하지 않나? (미수와 영애 씨 사이가 무척 가까웠기 때문에 더더욱 그런 기분이 들었다.) 나는 왜 이러나. 문제가 있나. 엄마에게 이런 감정을 갖는 게 맞나? 그래서 지수는 더 수다스러워졌다. (대화가 많은 관계는 정상적이니까.) 그래. 그건 일종의 회피였다. 문제를 모른 척하기. 그래서 문제가 없는 것처럼 굴기. 지수는 무수히 많은 이야기들로 자신의 진짜 이야기를 덮었다. 영애 씨를 향한 그 마음이 없는 척했다. (애초 존재하지도 않은 것처럼) 거짓말을 하고, 과장을 했다. 아, 정말이지 그건 힘든 일이었다. 정신적으로

뿐만 아니라, 체력적으로 말이다. (말을 많이 하면 힘들다고 하지 않나. 정말로 그랬다.) 영애 씨와 함께 있으면 지수는 언제나 힘이 들었다.

그러니까 영애 씨는 이 시간에 깨어나면 안 되었다.

지수는 우유 컵을 들고 베란다로 나갔다. 작은 창문 앞, 역시 작은 의자에 앉았다. 2층이긴 했지만 나름대로 지대가 높은 탓인지 전망이 나쁘지 않았다. 동네의 나무들이 훤히 보였고, 때때로는 꽤 근사한 일출도 볼 수 있었다. 하지만 지수가 제일 좋아하는 건 사람 구경이었다. 출근하는 사람, 배달하는 사람, 청소하는 사람.

그 중 지수는 운동하는 사람들을 가장 눈여겨봤다. 그들은 모두 몸에 달라붙거나, 혹은 매우 편한 옷을 입고 빠른 걸음으로 움직였다. 다들 모두 부지런하고 건강해 보였다. 지수는 운동을 정말 싫어했지만, 그들을 보고 있으면 당장 밖에 나가 동네를 한 바퀴 뛰어야 할 것 같은 기분이 들었다. 하지만 생각만 할 뿐이었다. (지수에게 운동이란 언제나 그런 상상 혹은 망상의 영역이었다. 다른 차원에 존재하는 지수에게나 있을 법한 라이프스타일.) 새벽의 지수는 늘 기운이 없었고, 조금 울적했으며, 곧 시작될 하루에 대한 부담으로 가득했으니까.

오늘도 그랬다. 지수는 빌라 앞 골목을 지나가는 사람들을 멍하니 쳐다볼 뿐이었다. 같은 시간에 함께 깨어 있지만 전혀 다른 삶을 사는 사람들.

우유나 한 컵 더 마시자.

그런 생각으로 자리에서 일어나다가 지수는 오른편의 올리브 나무 화분에 엄지발가락을 살짝 부딪쳤다. 다행히 별로 아프지는 않았다. 그 순간 베란다 풍경이 눈에 들어왔는데, 새삼 화분이 참 많다 싶었다. 모두 영애 씨의 작품이었다. 고무나무, 관음죽, 유칼립투스, 수국, 장미…….

지난 달, 아빠 제사 때 미수가 말했다.

"엄마, 식물을 잘 키우는 사람이 자식도 잘 키운대."

제부가 넉살 좋게 맞장구를 쳤다.

"아, 그래서 미수가 이렇게 자랐나 봐요!"

영애 씨가 키운 식물들. 시들지 않는 식물들. 항상 싱그러운 향기를 피워내는 식물들. 순간 지수는 말하고 싶었다. 영애 씨의 식물들이 저렇게 파릇파릇할 수 있는 건 애초 시들시들한 식물들에게 관심을 주지 않았기 때문이라고. 제부! 엄마가 새로 사들이는 화분이 얼마나 많은지 알아요? 그랬다. 영애 씨는 살아남은 식물들에게만 애정을 품었다! 시들어가는 화분에는 큰 노력을 들이지 않았다. "저건 쟤 운명이야. 어쩔 수 없어."

올리브 나무 뒤쪽, 영애 씨가 숨겨놓은 작은 화분 하나가 보였다. 시들다 못해 누렇게 말라비틀어져 있는 제라늄.

지수는 컵을 식탁에 내려놓았다. 손에 묻어난 물기를 천천히 매만졌다.

그리고 집 밖으로 나왔다.

*

낯설었다. 지수는 집과 회사를 오가는 정해진 길 외에는 잘 알지 못했다. (다른 길은 둘러본 적이 없었다. 왜? 이 동네에 마음이 별로 동하지 않았으니까.) 지수에게 이곳은 언젠가 (반드시) 떠날 (떠나야 하는), 그러나 어쩔 수 없이 계속 눌러 살고 있는 동네였다.

놀이터가 보였다. 지수는 그네를 향해 걸었다. 그네는 작았다. 하지만 그녀는 좁은 공간에 억지로 몸을 욱여넣었고, 피식 웃었다. 이런 걸 그렇게 무서워했다니. 그랬다. 지수는 공중으로 솟아오르는 그 감각이 언제나 무서웠다. 같은 이유로 구름사다리나 철봉도 싫어했다. 미수와는 완전히 반대였다. 겨우 두 살 터울의 미수가 그네를 공중으로 밀어 올리는 걸 볼 때면 지수는 마음이 철렁 내려앉곤 했다. 동생이 어딘가로 튕겨 나갈 것 같았다. 하지만 정작 미수는 재밌어 죽겠다는 표정으로 발을 굴렀다. 그때 알았어야 했다. 미수는 지수가 걱정할 필요가 없는 사람이라는 것.

그녀는 발을 굴렀다. 끼익, 하는 소리와 함께 그녀는 허공으로 떠올랐다. 다리가 가벼워졌다. 바람이 이마를 스치고 지나갔다. 동네의 풍경이 새롭게 보였다. 나무가 많은 오래된 빌라 단지. 교체를 여러 번 반복한 보도블록, 곳곳에 놓인 자전거, 협소하기 짝이 없는 주차장. 에어컨 실외기, 빨랫줄, 깔끔하고 가지런하게 정리된 쓰레기장. 곳곳에 자리하고 있는 나무 벤치들.

그때, 누군가 보였다.

지수는 그네에서 내려왔다. 방금 뭐였지? 분명 누군가 앞에 있었다. 아니 지나갔다. 그랬다. 지수의 그네가 공중으로 솟아올랐을 때, 그러니까 그녀의 시야가 훌쩍 위로 올라간 순간, 저 앞을 쏜살같이 달려가는 사람이 있었다. (정확히는, 그녀가 아래로 내려오던 순간 봤다. 목격했다.) 지수는 그 사람을 알아보았다. 그랬다. 분명 낯이 익었다. 그래. 그 여자였다. 거의 매일 〈무궁화 궁전〉 앞을 지나가던 사람. 지수는 항상 그 여자를 주시했다.

왜? 모르겠다. 그냥 눈길이 가던 사람이었다. 지수와 나이가 비슷해 보여서, 여자여서, 하지만 자신과 너무나도 달라 보여서.

어디로 간 걸까.

시간은 충분히 남아 있었다. 지수는 여자가 달려간 방향으로 몸을 틀었다. 그리고 얼마 지나지 않아 신축 빌라 옆의 6층짜리 상가 건물에 다다랐다. 그 건물 5층에 헬스장이 있었다.

지수는 엘리베이터를 탔다. 올라갔다.

계속 올라갔다.

나 지금 뭐 하는 거지?

하지만 멈추지 않고 올라갔다.

도착했다.

쿵쿵거리는 음악이 크게 들려왔다. 지수는 헬스장 쪽으로 천천히 발걸음을 옮겼다. 그리고 여자를 찾아냈다. 그랬다. 지수는 거의 매일 저 여자를 봤다. 정말 부지런한 사람이라고 생각했다. 대단하다고도 생각했다. 지수는 그런 식으로 하루를 시작해본 적이 없었으니까. 주변에 운동을 하는 사람이 없는 건 아니었다. 회사에도 운동을 취미로 가진 사람이 꽤 많았다. 그러나 지수는 그들이 모두 이상해 보였다. 일을 하고 집으로 돌아가는 것만으로도 이렇게 지치는데, 잠을 자는 것만으로도 이렇게 힘이 드는데, 운동을 한다고? 몸을 다루는 게 즐겁다고? 어떻게 그런 걸 기꺼운 마음으로 할 수 있지. (어느 날, 옆자리의 진 대리가 지수에게 생일 선물로 텀블러를 줬다. 회사에서 유일하게 지수와 다섯 마디 이상을 나누는 사람이었고, 소문난 운동광이었다. 진 대리는 언젠가 지수가 운동의 매력을 알게 될 날이 올 거라고 말했다.—진 대리는 다른 직원들에게도 비슷한 선물을 했다. 한결같은 사람이었다.—) 어쨌든 그들 모두 지수와는 완전히 다른 세계(다른 차원)에 있는 사람들이었고, 그들 중 한 명이 지금 지수의 앞에 있었다. 여자는 지수의 인생에서 단 한 번도 경험해본 적 없고, 상상해본 적 없는 운동을 하고 있었다. 철봉처럼 생긴 높은 기구에 두 팔로 매달린 채, 온몸을 들어 올렸다 내리고 있었다. 여자의 몸이 위로 올라갈 때마다 등의 근육이 꿈틀거리며 모양이 잡혔다. 지수는 그 모습에 조금 넋이 나갔다. 뭐랄까, 여자에게서 어떤 힘이 느껴졌다. 무슨 일을 겪든, 어떤 일이 일어나든, 절대 꺾이지 않을 것 같은 그런 힘.

그때, 누군가 지수에게 말을 걸었다.

"안녕하세요."

운동복 차림의 여자였다. 큰 키에 넓은 어깨, 곧게 뻗은 팔다리와 단단하게 잡힌 근육. (지수는 자신도 모르게 여자를 위아래로 훑어봤다. 솔직히 너무 시선을 끄는 모습이었다.) 뭐랄까, 몸 안에 뭔가 꽉꽉 차 있는 느낌.

"처음 오셨어요?"

지수는 고개를 끄덕이며 그렇다고 대답했다. 이 여자, 그러니까 헬스 트레이너는 지수가 등록을 하러 왔다고 생각하는 듯했다. 분명 누구라도 그렇게 생각할 터였다. 그게 아니라면 헬스장을 왜 찾아오겠는가. (누군가를 쫓아서? 탐닉하듯 바라보려고?) 하지만 지수의 거짓말이 꽤 뻔했던 모양이다. 트레이너가 여자를 가리키며 물었다.

"저분 멋있죠?"

지수는 얼굴이 화끈거렸다. 그리고 멋있는 그

여자는 이제 다른 운동을 하고 있었다. 묵직해 보이는 긴 봉에, 더 무거워 보이는 원판 몇 개를 끼우더니 앉은 자세에서 꽉 붙잡았다. 그리고 단숨에 일어났다. 여자는 그 자세를 반복했다. 다른 어떤 것에도 시선을 두지 않은 채 봉을 들어 올렸다 내렸다를 계속했다. 지수는 상상했다. (망상했다.) 저 여자처럼 몸에 딱 붙는 옷을 입고, 헬스장 안에서 숨을 몰아 내쉬고 있는 자신의 모습을. 넓은 어깨와 등, 납작한 배, 허벅지에서 종아리로 이어지는 커다란 근육. 이상했다. 지금 이 순간까지 지수는 단 한 번도 그런 몸을 원한 적이 없었다. (아니, 있긴 있었지만 간절하지는 않았다.) 그런 몸을 가질 수 있으리라는 생각 역시 해본 적이 없었다. 하지만 지금은…… 역시 잠을 자지 못해서일까. 너무 이른 시간에 깨어 있어서 그런 걸까. 어쨌든 충동적인 건 확실했다.

지수는 트레이너에게 말했다.

"혹시 저도 배울 수 있나요?"

3

　지수는 전체적으로 마른 편이었지만, 배가 조금 나왔고 어깨와 팔뚝에 살이 많았다. 그에 비에 다리는 앙상했다. 그녀는 자신의 몸을 딱히 좋아하지 않았다. 그렇다고 특별히 싫어하지도 않았다. (보통 사람의 평범한 몸이라고 생각했다.) 그녀 역시도 유명하고 아름다운 사람들을 보면 질투와 경외감이 들었고, 어떤 열망이 일어나곤 했다. 그런 몸을 가진 사람이 되는 것. 질투하고 경외하는 사람이 아니라, 그런 감정을 받는 대상이 되는 것. 하지만 상상은 딱 거기까지였다. 지수는 그 이상 바라지도 않았고 그 열망을 위해 노력하고 싶은 생

각도 없었다. 그녀 성격이 그랬다. 뭐랄까, 그네를
탈 때와 비슷하다고 해야 하나. 애초 관심도 없고,
설사 그네 위에 올라간다 해도 (어떤 두려움 때문
에) 올라갈 수 있는 만큼만 올라갈 것. 그 이상은
바라지 않는 것. (바라지 않았던 것처럼 구는 것.)

그래서 어린 시절, 지수는 영애 씨에게 늘 꾸중
을 들었다. 영애 씨도 부모였으니까. 어쩔 수 없었
을 것이다. 원래 부모는 자식을 통해 이상을 추구
하고, 결핍을 보상받으려 하니까. (그러다 아이들
을 망치는 것 역시 부모의 위대한 숙명이다.) 영애
씨는 잔뜩 화가 난 날이면, 지수의 미래에 대해 험
악한 예언을 늘어놓았다. 정신 안 차려? 대체 뭐가
되려고 그래? 너 이러다가 아무것도 못 해. 형편없
는 인간이 되고 싶니? 미수에 대해서는 달랐다. 미
수는 어린 시절부터 공부는 물론, 체육과 음악, 미
술 등등 다방면에서 도드라지는 성과를 냈다. 영
애 씨에게 미수는 자랑스럽고 기대할 일이 많은
자식이었다. 또한 지수에게도 미수는, 동생의 성장
은, 좀 경이로운 측면이 있었다. 어떻게 저렇게 뭐
든 잘할 수 있지? 지수는 생각만 해도 버거웠다.

지금 이 순간, 스쿼트도 마찬가지였다.

"지수 님! 집중하세요!!

영민 씨(이영민, 트레이너의 이름이었다.)의 목소리에 지수는 정신을 차렸다. 지금 그녀는 스쿼트를 하고 있었다. 태어나서 처음 해보는 동작이었다. 영민 씨는 지수에게 더 깊이 앉으라고 말했다. 하지만 지수는 여기서 더 앉았다가는 엉덩방아를 찧을 것 같았다.

(그네 타기. 그네 타기. 그네 타기!)

"괜찮아요. 무서워하지 마세요!"

영민 씨는 그렇게 말하며 양손으로 지수의 허리를 잡아주었다. 지수는 영민 씨가 시키는 대로 다리를 더 벌리고 엉덩이를 뒤로 뺐다. 최대한 허리를 굽히지 않으려 노력하며 바닥으로 내려갔다. 조금 더. 조금만 더. 아주 조금만 더! 그리고 다시 일어났다. 영민 씨는 지수가 쉴 틈을 주지 않고 외쳤다.

"자, 다시 앉아보세요!"

지수는 숨 돌릴 틈도 없이 다시 앉았다. 영민 씨는 지수의 몸을 계속 잡아주었다. 그 덕에 지수는 처음보다 약간 더 자신 있게 아래로 내려갔다. 그리고 다시 올라왔다. 속도가 점점 빨라졌다. 허벅지가 아팠고 온몸이 뜨겁게 달아올랐다. 숨이 엄청나게 차올랐다. 다리가 후들거렸다. 평소 같으면 그만뒀을 것이다. 하지만 영민 씨가 계속 말했다.

"네, 잘하고 계세요. 더 할 수 있어요."

강한 확신이 담긴 목소리. 지수는 믿기지 않았다. 이 사람은 내게 왜 이렇게 말하는 거지? 내가 할 수 있다고? 정말? 왜? 그러나 놀랍게도 지수는 영민 씨가 시키는 대로 한 번 더 앉았다. 또 한 번 더. 그리고 지수가 정말로 더는 못 하겠다 싶었던 순간, 아니, 어떤 생각조차 들지 않았을 때, 그제야 영민 씨는 "그만"이라고 외쳤다.

지수는 바닥에 주저앉았다. 이마를 바닥에 댔다. 심장이 터질 것 같았다. 약간 구역질도 났다. 이마에 맺혀 있던 땀방울이 바닥으로 뚝뚝 떨어졌다. 힘들었다. 정말 미치도록 힘이 들었다. 그때 영민 씨가 생수 한 병을 건네며 말했다.

"크게 숨 쉬세요."

지수는 시키는 대로 했다. 영민 씨가 또 말했다.

"물 한 모금 드시고요."

지수는 이번에도 시키는 대로 했다. 영민 씨의 목소리가 또 이어졌다.

"해내셨어요. 그쵸?"

다정하고 친근한 말투였다. (그러나 어떤 예언도 담겨 있지 않은 목소리. 그저 지금의 상황만 이야기하는 목소리. 지금 해내셨어요. 해냈어요. 다 했군요. 그쵸?)

지수는 물을 한 모금 더 마신 뒤 멋쩍게 미소 지었다. 어느새 제법 호흡이 안정되어 있었다. 뭐, 기분이 나쁘지는 않았다. 심장이 쿵쿵 뛰어오르는 것도, 온몸이 뜨거워진 것도 그랬다. 하지만 계속할 수 있을지 자신은 없었다.

그때 영민 씨가 말했다.

"한 세트만 더 할까요?"

지수는 해냈다. 그리고 다음 강습을 취소했다.

며칠 내내, 지수는 근육통에 시달렸다. (그리고

그 며칠 내내, 지수는 헬스장에 가지 않았다.) 대신 온종일 꾸벅꾸벅 졸았다. 너무 피곤하고 몽롱했다. 눈꺼풀에 무거운 추가 매달린 것 같았다. 기억도 한 움큼씩 사라졌다. 회사 일을 어떻게 처리했는지, 집까지 어떻게 왔는지 잘 기억이 나지 않았다. 밥을 먹기는 먹었던가? 계란말이? 온몸이 아파 정신이 없었다.

오늘도 지수는 퇴근하자마자 침대에 누웠고, 몸을 계속 뒤척였다. 똑바로 누워 있어도 아팠고, 옆으로 누워 있어도 아팠다. 특히 허벅지 통증이 심했다. 누군가 사방에서 그녀의 다리를 잡아 뜯고 있는 것 같았다.

"내가 미쳤지."

지수는 중얼거렸다. 도대체 왜 갑자기 운동을 하겠다고 난리를 피운 거지? 영민 씨는 가능한 매일 운동을 나오라고 했지만, 지수는 그럴 수 없었다. 온몸이 이렇게 아픈데 어떻게 또 운동을 한단 말인가. 환불할까. 역시 너무 충동적이었던 것 같아. 내가 그 여자처럼 될 리도 없고……. 그녀는 지수가 첫 수업을 받는 동안 옆에서 어깨 운동을 했다. 그 외에는 잘 기억나지 않았다. 여자를 힐끔거리릴 겨를조차 없었으니까. 그러니까 그만두자. 이런 게 다 무슨 의미가 있어. 하지만 곧 잠이 쏟아졌고, 생각들도 금세 사라졌다. 스르륵, 온몸에 힘이 풀리는 게 느껴졌다. 지수는 잠에 빠져들었다.

소리를 질렀다.

언제나 그랬듯이.

눈을 뜨자 또 다시 새벽이었다. 지수는 마른입을 살짝 벌렸다. 여전히 근육통이 느껴졌다. 그래도 전날보다는 덜했다. 훨씬 살 만하다 싶었고, 기분이 꽤 괜찮았다. 더 이상 꿈속이 아니구나, 내 방이구나.

지수는 웅크린 몸을 쭉 폈다. 오늘은 베란다로 나가기 싫었다. 뭘 먹고 싶지도 않았다. 수시로 바뀌는 화분들을 보는 것도 싫었다. 다시 잠들고 싶지도 않았다. (소리를 지르는 건 지겨웠다.) 결국 침대에서 일어나 부엌으로 갔다. 따뜻한 차라도 마실까.

머그잔을 꺼내려고 찬장을 열었는데, 진 대리에게 선물 받은 텀블러가 보였다. 2년 내내 한 번도 쓰지 않은 검은색 텀블러. 한손에 들어오는 적당한 크기와 튼튼해 보이는 뚜껑. (학창 시절 지수는 이런 모양의 물통을 하나 갖고 있었다. 물을 가득 담아 매일 학교에 가져갔지만, 마시는 걸 자주 잊었다. 그녀는 물이 반도 넘게 차 있는 물통을 그대로 가지고 돌아오곤 했고, 남은 물을 매번 모조리 싱크대에 부어 버렸다.)

지수는 텀블러에 물을 담았다. 옷을 챙겨 입었다. 밖으로 나갔다. 현관문이 조금 세게 닫히던 순간, 영애 씨가 깰지도 모른다는 생각을 했지만 신경 쓰지 않았다.

어차피 나가는 길이었으니까.

그날 그녀는 텀블러의 물을 다 마시고 돌아왔다.

4

"언니, 이번 달 25일 엄마 생일이야. 시간 비워
놔."

미수에게 문자를 받은 다음 날 새벽, 지수는 캐
틀벨 스쿼트를 배웠다. 맨몸 스쿼트와 캐틀벨 스
쿼트는 차원이 달랐다. 캐틀벨은 둥근 볼에 손잡
이가 달린 운동기구였는데, 활용 방법에 따라 할
수 있는 운동이 다양했다. (영민 씨가 그렇게 말했
다.) 하지만 지수는 스쿼트 하나만 배웠고, 그것만
으로 충분히 죽을 맛이었다. 캐틀벨 무게를 더하
자 허벅지에 가해지는 압력 자체가 달라졌던 것이

다. 단순히 무게의 문제가 아니었다. 허벅지 근육 안쪽에서부터 쥐어짜내듯이 힘을 내지 않으면, 앉거나 일어설 수 없었다. 사실 캐틀벨을 받아 들기 전까지만 해도 지수는 살짝 자신감이 생긴 상태였다. (운동을 배운 지 한 달째였으니, 그럴 수 있었다.) 한 달 만에 이런 마음이 들다니 지수는 모든 게 신비하고 경이로웠다. 그러나 캐틀벨을 드는 순간, 지수는 모든 게 제자리로 돌아간 기분이었다. (그 역시 신비하고 경이로웠다.) 두 세트를 하기도 전에 다리가 후들거렸고 얼굴이 뜨겁게 달아올랐다. 그러니까 달라진 건 무게만이 아니었던 것이다.

(그네 타기. 그네 타기. 그네 타기.)

그런데 이상하게 도전의식이 생겼다. 지수는 이를 악물고 영민 씨의 구령에 따라 몸을 움직였다. 그래. 한번 해보지 뭐.

하나, 앉았다 일어서고. / 둘, 또 앉았다 일어서고. / 셋. 다시 반복.

더는 할 수 없을 것 같았다. 그래도 했다.

일곱. (다리를 후들거리면서) 반복. / 열둘. (겨우 일어서면서) 반복.

그리고 또.

내가 엄마 생일도 모를 것 같니?

"그만!"

영민 씨의 목소리에 지수는 숨을 몰아쉬며 자리에 앉았다. 영민 씨가 덧붙였다.

"하나 더 할 수 있을 것 같긴 했는데…… 집중력이 떨어지신 것 같아요."

다그치는 말투는 아니었다. 칭찬하는 말투도 아니었다. 이번에도 역시나 지수의 상태를 있는 그대로 말하는 것뿐이었다. 지난 한 달 간, 영민 씨와 지수는 언제나 그런 대화만 했다. 근질이 좋아졌다. (처음에 지수는 근질이 무슨 뜻인지도 몰랐다.) 조금 더 집중해라. 할 수 있다. (언젠가부터 지수는 영민 씨의 이런 말이 예언처럼 들렸다.) 이건

할 수 없다. 부상으로 이어질 수 있다. (지수는 운동선수가 아닌 사람도 부상을 당할 수 있다는 사실을 처음 알았다.) 지수는 영민 씨와의 대화가 좋았다. (자신에게 관심이 집중되니까 좋았다.) 영민 씨가 말하는 지수는 나아지거나, 나아지고 있는 사람이었다. (아주 확실한 예언) 때문에 운동을 마치고 집으로 돌아갈 때면 그렇게 가뿐하고 즐거울 수 없었다. 그리고 그 효과는 생각보다 오래갔다. 출근 준비를 하며 영애 씨와 짧은 대화를 하고, (영애 씨는 지수가 운동을 시작한 것에 대해 가타부타 말이 없었다.) 회사에 가고, (최근 지수는 진 대리와 몇 번 대화를 했다. 운동에 대해. 그 덕분에 다른 직원들과도 조금 대화를 나눴다. 물론 여전히 어색하다.) 집에 돌아와 식사를 하거나 드라마를 보면서 또 영애 씨와 이야기를 나눴다. (드라마에 대한 영애 씨의 의견에 맞장구를 치는 대화.) 그렇게 할 수 있었다. 꽤 기운이 넘쳤다. 그러다 밤이 되면 급격하게 피곤해졌다. 에너지가 바닥난 것 같았다. 그래서 곧장 잠들었고, 새벽 운동에 더 성실해졌다. 힘을 가득 채우고 싶었던 것이다. 가능한 오랜 시간까지 기운차게 보낼 수 있도록 말이다. 배운 걸 복습하고 간단하게 스트레칭을 하고 나면, 굳이 영민 씨의 어떤 말(지수가 별로인 사람이 아니라는 말, 너무나도 그런 뜻으로 들리는 말, 그렇게 해석하고 싶은 말)을 듣지 않아도 괜찮았다. 정말로 기운이 났다.

그러나 미수의 문자는 지수의 기운을 내내 가라앉게 만들었다.

지수가 영애 씨의 생일을 모를 리 없었다. 영애 씨와 함께 사는 사람은 지수가 아니었던가. 이미 지수는 그날 평소보다 일찍 들어올 생각을 하고 있었다. 만일 외식을 한다면? 그 자리에 영애 씨를 데리고 가야 하는 사람은 지수였다. 집에서 음식을 한다면? 준비를 해야 하는 사람 역시 지수였다. 그런데 엄마 생일인 걸 알고 있느냐고? 시간을 비우라고?

퇴근할 무렵, 미수에게 문자 한 통이 더 왔다.

"언니, 답장 안 해?"

*

자, 이쯤 되면 두 사람 사이가 어떤지 충분히 설명이 되었으리라 생각한다. 하지만 이야기를 조금만 더 해보자.

*

오래전 놀이터에서 있었던 일이다.

지수는 그네에서 곧장 내려왔다. 벤치에 앉아 있는 영애 씨에게 돌아왔다. 지수는 울먹이며 말했다. 무섭다고, 하늘로 올라갈 때 몸이 툭 떨어질 것 같아 너무 무섭다고. 영애 씨는 한숨을 길게 내쉬며 대답했다.

"너는 왜 이렇게 겁이 많아. 저기 미수 좀 봐."

미수가 그네를 타고 있었다. 영애 씨와 지수뿐 아니라, 놀이터의 다른 아이들도 모두 미수를 보고 있었다. 미수는 하늘 끝까지 올라갈 기세로 그네를 밀어 올리고 있었다. (심지어 미수는 앉은 자세도 아니었다. 그 애는 그네 위에 서 있었다. 똑바로. 꼿꼿하게.) 몇 번이나 공중으로 뛰어오르는 미수를 보며 지수는 걱정이 되었다. 저러다 그네에서 떨어지면 어쩌지? 지수는 다급히 영애 씨를 쳐다보았다. 하지만 영애 씨는 아무렇지 않다는 듯 미수를 지켜보기만 했다. 지수는 이해할 수 없었다. 엄마는 미수가 걱정되지도 않는 거야? 하나도 무섭지 않은 거야? 그런 것 같았다.

세월이 많이 흐른 뒤에도, 지수는 그때의 영애 씨 표정을 기억했다. 어떤 걱정도 담겨 있지 않은, 오직 뿌듯함으로만 가득한 얼굴.

그리고 2년 전 겨울에 있었던 일이다.

지수는 꽤 행복했다. 대출금을 다 갚았던 것이다. 비록 모아둔 돈은 다 사라졌지만, 괜찮았다. (더 이상 마이너스가 아니었다!) 주변 모든 사람들에게 감사했다. 다른 피해자들에 비해 (상대적으로) 적었던 빚, 회사 동료들(물론 지수는 회사 동료들에게 사정을 토로하지는 않았다. 그래도 감사했다. 일을 할 때면 삶의 쳇바퀴를 제대로 굴리고 있다는 기분이었으니까.), 말없이 돈을 내준 영애 씨와 미수. 지수는 그들 모두에게 감사함을 느꼈다. 그간의 고생이 고생처럼 느껴지지 않았다. (지수는 먹는 것, 입는 것, 그 외 모든 것을 아꼈다. 마음먹고 산 차를 팔았고, 약속은 잡지 않았다. 회사가 끝나면 곧장 집으로 가서 저녁 식사를 차렸다. 따뜻한 계란말이를 자주 만들었다.)

한동안 지수는 자신의 이름을 떠올릴 때마다 마이너스 부호를 함께 생각했었다. 이제는 그럴 필요가 없었다. 그래, 이제는 그냥 아닌 것이다. 모든 것이 정말로 감사했다. 그래서 그날 지수는 혼자 영화를 봤다. (지수는 퇴근하면서 영애 씨에게 문자를 보냈다. 오늘 식사는 함께 할 수 없을 것 같다고. 영애 씨는 답장하지 않았다.) 아, 영화조차 감사했다. 모든 것을 잃은 여주인공이 행복을 찾는 이야기였으니까.

돌아가는 발걸음이 꽤 가벼웠다.

집에 들어오자마자 미수와 제부를 마주쳤다. 두 사람을 보니 반갑긴 했는데 기분이 이상했다. 미수가 오늘 집에 온다는 이야기를 했던가? 물론 지수에게 꼭 연락할 필요는 없었지만, 말을 하지 않을 이유도 없지 않나? 그날 미수는 빨간색 캐시미어 니트를 입고, 진주 귀걸이를 하고 있었다. 하얀 피부가 돋보였다. 미수가 소파에 앉은 채로 지수에게 물었다.

"언니가 늦길래, 우리가 엄마랑 같이 밥 먹었어."

책망하는 듯한 말투에 지수는 죄지은 기분이 들었다. 마치 거짓말을 하고 밖에서 놀다 들어온 어린애가 된 기분이었다. 지수는 자신도 모르게 주절주절 변명했다.

"응, 영화 좀 보느라고. 너 오는 거 알았으면 일찍 왔지."

"무슨 영화?"

"그 내가 좋아하는 배우가 나오는……."

"괜찮아, 말 안 해줘도 돼. 난 시간 없어서 극장에도 못 가."

이에 제부가 멋쩍은 표정으로 지수와 미수를 힐
끔거렸다. 분위기가 뭔가 이상했다. 물론 미수는
평소에도 지수에게 툭툭거리는 말투로 말하긴 했
다. 하지만 뭔가 조금 더 달랐다. 그러고 보니 미
수와 제부는 지수에게 앉으라는 소리도 하지 않았
다. 심지어 영애 씨도 그랬다. 마치 그들이 〈무궁
화 궁전〉의 주인이고, 지수는 손님 같았다. 그런데
사실 그건 맞는 말이기도 했다. 〈무궁화 궁전〉은
미수와 영애 씨의 돈이 들어간 집이었으니까. 지
수의 돈은 한 푼도 없었다. 지수는 꺼림칙한 마음
으로 세 사람을 둘러보았다. 그러다 갑자기 영애
씨의 오른손에 하얀 붕대가 감겨 있는 걸 보았다.

　"엄마! 손 왜 그래? 무슨 일이야?"

　"별거 아니야."

　영애 씨가 딱딱한 말투로 대답했다. 그러자 미
수가 옆에서 한숨을 쉬며 말했다.

　"엄마 화상 입었어. 실수로 끓는 물을 손에 부었
대."

　"어쩌다가?"

　지수의 말에 또 미수가 대답했다.

"라면 끓이다가 그랬대."

그제야 지수는 영애 씨와 미수의 차가운 태도를 이해할 수 있었다. (확실히) 책망하고 있었다. 하지만 정작 그들은 지수에게 연락조차 하지 않았다. 언제 들어올 거냐고 묻지도 않았고, 영애 씨가 다쳤다는 이야기도 해주지 않았다. 그럼 무엇을 책망하는 것인가. 퇴근하고 바로 집에 오지 않은 것? 영애 씨와 함께 식사하지 않은 것? 아니, 영애 씨의 식사를 챙겨주지 않은 것? 그래서 영애 씨가 다치도록 내버려둔 것? 해야 할 일을 하지 않은 것? 하지만 언제부터 그 일들이 모두 지수의 몫이었지? 어느새 그렇게 되어버린 거지? 지수는 반발심이 들었지만, 아무 말도 하지 않았다. 돈을 다 갚았다는 말도 하지 않았다. 왜냐하면 그건 틀린 이야기였기 때문이다. 그래. 적어도 영애 씨와 미수 앞에서는 그랬다. 두 사람 모두 지수에게 갚을 필요 없다고 했지만, 솔직히 그게 진심일 리 없었다. (지수가 가족을 정말 사랑했다는 이야기를 다시 한번 하고 싶다.) 그러니까, 지수는 깨달았던 것이다. 자신이 여전히 빚을 지고 있다는 사실을. 바로 영애 씨와 미수에게.

　미수가 지수에게 또 말했다.

　"언니는 좋겠다. 혼자 영화도 보고."

*

　그러나 그들 자매 사이가 나빴던 건 아니다. 한
때 그들은 같은 방을 썼고, 옷과 신발을 공유했다.
지수가 취업을 준비하던 시절, 미수는 종종 언니
에게 용돈을 줬다. 나중에 지수가 집에서 독립해
나간 후에는, (지수가 사기 당한 그 집으로) 먹을
거나 생필품을 사들고 찾아오기도 했다. 전화 통
화도 꽤 자주 했다. 회사에 대한 험담, 남자친구,
돌아가신 아빠, 그리고 엄마에 대해 꽤 긴 이야기
를 나눴다. 물론 지수는 갑자기 '아니야'라고 끼어
들며 말을 탁 자르는 미수의 말버릇이 싫었고, 자
신보다 훨씬 좋은 환경(작은 홍보회사에서 경력
을 시작한 지수와 달리 미수는 대기업 계열사에
다니다가 규모가 더 큰 회사로 이직했다.)에 있음

에도 불구하고 늘 불만에 차 있는 모습이 이해되지 않았지만, 그들 사이는 나쁘지 않았다. 뭐가 어찌 되었든, 한때 그들은 공동의 적을 물리친 적도 있었으니까.

지수가 열다섯, 미수는 열세 살이었을 때다. 가족모임이 있었다. 일정 때문에 미수와 지수, 그리고 영애 씨만 따로 움직이게 됐다. 할머니와 고모부부, 쌍둥이 사촌동생들, 아빠는 먼저 식당에 가 있었다. 그날 차가 많이 막혔다. (식당 근처 도로에서 교통사고가 났다.) 그 때문인지 영애 씨는 평소보다 더 길을 많이 헤맸다. 식당은 고모부가 선정한 한정식 집으로, 지수의 가족은 한 번도 가본 적이 없는 동네에 있었다. 약속 시간은 12시 반이었지만, 그들은 1시 반이 되도록 식당을 찾지 못했다. 아빠는 영애 씨에게 계속 전화를 해서 같은 질문을 반복했다. 어디야. 어디쯤 왔어. 도대체 어디야. 왜 이렇게 못 찾아? 영애 씨도 비슷한 대답을 계속했다. 어딘지 모르겠다. 대체 거기가 어디냐. 분명 근처에 왔는데 도저히 모르겠다. 모르겠어.

그러다 어느 순간, 아빠는 고모부에게 전화를 넘
겼다.

(아빠다운 행동이었다.)

고모부는 목소리가 크고 거만한 성격의 남자였
다. 하지만 서글서글하고 다정한 사람이기도 해서
지수는 나름대로 고모부를 좋아했다. (그리고 고
모부는 지수와 미수에게 용돈을 많이 줬다.) 딱히
좋아하지는 않지만, 그렇다고 싫지도 않은 사람.
꼴 보기 싫은 면이 있긴 하지만, 그럭저럭 괜찮은
부분으로 덮이는 사람. 그날 고모부는 전화를 받
자마자 영애 씨에게 말했다.

"아니, 왜 이렇게 못 찾으세요?"

지수와 미수는 차 안에서 동시에 숨을 죽였다.
고모부 특유의 고압적인 말투가 전화기 너머로 쩌
렁쩌렁 울려왔던 것이다. 그의 목소리가 다시 이
어졌다.

"주변에 뭐 있어요? 말해보세요."

영애 씨는 옆에 은행과 편의점이 보인다고 말했
다. 고모부가 짜증을 냈다.

"아니, 코앞에 두고 대체 왜 못 찾는 거래?"

지수는 얼굴이 뜨거워졌다. 옆자리의 미수를 슬쩍 쳐다봤다. 미수는 팔짱을 끼고 무표정한 얼굴로 가만히 앉아 있었다. 고모부의 목소리가 계속 차 안을 울렸다. 거기가 아니라니까요? 아니 도대체 어디로 가신 거예요. 우회전하신 거 맞아요? 그쪽이 아니라니까!

"왜 이렇게 못 찾는 거예요? 아, 진짜 이해가 안 되네?"

지수는 계속 열이 올랐다. 영애 씨에게 말하고 싶었다. 다 때려치우고 집으로 돌아가자고, 고모 가족을 보지 말자고 말하고 싶었다. 하지만 지수는 침묵했고, (입을 열지 못했고) 전화는 끊겼다. 그리고 불행인지 다행인지 모르겠지만, 몇 분 지나지 않아 영애 씨는 식당을 찾아냈다.

주차를 하는 내내 차 안에 침묵이 감돌았다. 지수는 영애 씨를 위로하고 싶었다. (도움이 되고 싶었다.) 하지만 무슨 말을 해야 할지 몰랐다. 고모부는 원래 말을 함부로 하는 사람이니 그러려니 하자고? 좋은 면이 많은 사람이라고? 오늘 그냥 실수를 했을 뿐이라고? 그래, 그건 거짓이 아니었다. 하지만 진실도 아니었다. 그래. 세 사람이 모두 입을 닫은 채 굳이 끄집어내지 않은 진실, 그 진실이란, 고모부가 지수의 가족을 무시하고 있다는 것이었다.

아빠가 고모부에게 돈을 빌린 이후부터 그랬다. 아빠가 사업에 두 번째로 실패했던 해였다. (아빠는 일평생 그런 식으로 크고 작은 사업을 벌였고, 단 한 번도 성공하지 못했다. 그러다 지수가 스물두 살 되던 해 췌장암에 걸렸다. 의사는 6개월을 선고했지만, 아빠는 1년 3개월을 살았다.) 아빠는 고모부의 도움으로 급한 불을 껐다. 이후 고모부는 돈 이야기를 꺼내지 않았다. 그래. 인간이 그 정도로 촌스럽지는 않았다. 하지만 어떤 방식으로든 생색은 냈다. 영애 씨에게 말을 함부로 하는 것으로, 아빠의 의견을 묵살하는 것으로, 지수의 성적을 물어본 뒤 껄껄 웃는 것으로, 아니, 사실 변한 건 지수의 가족일지도 모른다. 그들에게 고모부는 고마운 사람이었고, 잊어서는 안 되는 사람이었으니까.

식당으로 들어가며 영애 씨는 계속 한숨을 쉬

었다. 싫었겠지. 보기 싫은 사람을 봐야 하니. (그건 누구였을까. 고모부? 아빠?) 자신이 잘못한 건 단 하나도 없는데, 잘못한 사람으로 존재해야 한다는 것.

그런데 방문이 열리자마자 미수가 명랑한 목소리로 인사를 했다.

"안녕하세요!"

(지수는 당황했다. 가게에 들어올 때까지만 해도 미수는 딱딱하게 굳은 얼굴로, 입을 꾹 다물고 있었다.) 식구들이 모두 세 사람을 쳐다봤다. (그들도 당황한 것 같았다.) 지수와 아빠의 눈이 마주쳤다. 겸연쩍어하는 눈초리. 동시에 아무렇지 않다는 듯, 전혀 문제없다는 듯 딴청을 피우는 태도. (넘어가자. 넘어가. 지금을 모면하자.) 그때 고모부의 목소리가 들려왔다.

"어이구, 일찍도 왔네?"

싸늘했던 분위기가 더 차가워졌다. (그때 그는 왜 그렇게 말했을까? 왜 굳이 상황을 더 불편하게 만들었을까. 힘을 과시하기 위해서? 예의가 없는 사람이라서? 말을 함부로 하다 보니 제어가 안 되어서? 제어하는 사람이 없어서?) 고모는 모른 척 물만 마셨고, 할머니 역시 말이 없었다. (아, 할머니. 아마 그녀는 늦게 온 사람이 지수의 아빠였다면 고모부가 그런 식으로 말하는 걸 절대 용납하지 않았을 것이다.) 그때 미수가 밝은 목소리로 대답했다.

"네, 고모부. 설명을 너무 잘해주셔서 걱정 없이 왔어요."

고모부가 당황한 표정으로 미수를 쳐다봤다. (아니 살짝 놀란 표정) 왜냐하면 미수의 말은 분명 비아냥거림이었으니까. (설명을 너어무 잘해주시네?) 그러나 그는 어떻게 대답해야 할지 모르는 것 같았다. (대답할 수 없었을 것이다. 미수가 욕을 한 것도 아니고, 말대답을 한 것도 아니니까. 무엇보다 어른이 아이를 상대로? 말하지 않았는가. 그 정도로 촌스럽지는 않다고.) 그저 살짝 불쾌한 얼굴로 미수를 쳐다볼 뿐이었다. 그가 조용하니, 옆 자리의 고모와 쌍둥이 동생들도, 심지어 할머니까지 다 가만히 있었다. 그 순간 지수는 깨달았다. 아, 이런 거구나. 우리가 알아서 참고 맞춰주니까, 무슨 말이든 해도 된다고 생각했던 거구나. 무슨 말을 해도 괜찮을 거라고 생각했던 거구나. 저 사람은 우리가 참지 않았을 때, 그러니까 지금과 같은 상황을 전혀 생각해본 적이 없구나. 분위기가 불편했는지 고모가 입을 열었다.

"아, 왔으면 됐지. 그러지 말고 어서 먹어. 언니도 어서 드세요."

그때 지수가 대답했다.

"여기 먹을 게 없어요! 저희 뭐 먹어요? 남은 거 먹을까요?"

고모의 얼굴이 확 붉어졌다. (훗날 지수는 인정했다. 미수보다 훨씬 아슬아슬한 발언이었다고. 그때 어른들이 화를 내지 않은 이유는 무엇일까. 민망해서? 어른스럽게 참기 위해서? 아니면 일단 넘어가기 위해서?)

아빠가 종업원을 불렀다. 음식을 추가했다.

식사 내내 누구도 입을 열지 않았다.

시간이 꽤 많이 지난 후, 지수와 미수는 그때 일에 대해 대화를 나눴다. 지수는 말했다. 처음에 미수가 고모부에게 그렇게 말해서 꽤 놀랐다고.

"다들 고모부를 어디까지 참아줘야 하는지 몰랐던 것 같아. 그런데 네가 그 경계를 확실하게 보여준 거지."

미수가 웃었다. 언니가 그렇게 깊게 생각했을 줄은 몰랐다고 했다.

"하긴, 그때 내 말에는 분명 의도가 있었으니까."

"맞아. 진짜 확실하게 전달됐지. 그 이후로 고모부가 말을 꽤 조심했잖아?"

"그런데 언니, 나는 사실 그때 언니한테 놀랐어."

"왜? 나도 한마디 보태서?"

"응, 언니는 그런 말 잘 못하잖아. 그래서 놀랐어."

"그래?"

지수는 웃었다. 그때 미수가 덧붙였다.

"음, 조금 더 솔직하게 말해도 돼?"

지수는 얼굴에서 미소를 거두지 않은 채 대답했다.

"응."

가족모임 이후, 지수는 미수를 자랑스럽게 생각하게 됐다. 내 동생은 똑똑한 아이야. 어디서든 할 말을 하지. 그네를 타고 하늘로 솟아오르는 아이. 이 아이와 함께 있으면 나도 괜찮아. 괜찮아질 수 있어. 바로 그 때문에 지수 역시 고모에게 그렇게 대꾸할 수 있었던 거니까. 미수가 말했다.

"사실 나는, 언니가 항상 뭘 모른다고 생각했어."

*

그래서, 엄마 생일도 모를 줄 알았니?

*

지수는 미수에게 답장하지 않았다.

5

　일주일간 지수는 운동에 열을 올렸다. 영민 씨
가 말한 '자극점'을 느끼려고 노력했다. 캐틀벨을
내려놨다가 들어 올리는 순간, 엉덩이와 허벅지가
스트레칭이 되는 시원한 통증. 지수는 그 자극이
좋았다. 꽤나 즐기게 됐다. 일상에서는 별로 느낄
수 없는 감각이었기에 더욱 그랬다. 그 자극은 그
녀의 몸을 다른 방식으로 깨워줬다. 그래. 꿈과는
전혀 다른 방식으로 말이다.

　지수는 영민 씨에게 질문도 많이 했다. 다리는
얼마나 더 벌려야 하나요? 만일 자극이 안 느껴지
면 어떻게 하죠? 무릎이 아픈 것 같아요. 이럴 때

는 어떻게 해요? 이전에 지수는 운동이란 타고난 사람들의 영역이라고 생각했다. 설사 취미라 할지라도, 어느 정도 감각이 있는 사람에게만 허용된 분야라고 말이다. 그 믿음에는 변함이 없었지만, 그래도 한 가지 생각을 덧붙이게 됐다. 운동은 하면 할수록 좋아진다는 것. 타고난 신체조건을 바꿀 수는 없었다. 하지만 체력은 어느 정도 좋아질 수 있었다. 힘과 유연성도 마찬가지였다. 운동을 배운 지 겨우 한 달 반이었지만, 지수는 분명히 느낄 수 있었다. 무언가 좋아지고 있다는 것. 그 과정이 지루하고 답답하기도 했지만, 지수의 몸이 변화하고 있는 건 분명했다. 매일 새벽 지수를 집 밖으로 나가게 만드는 건 바로 그 감각이었다. 아주 조금이나마 앞으로 나아가고 있다는 기분. 그런 사람으로 살아가고 있다는 뿌듯함.

삶의 다른 것도 그렇게 변할 수 있을까?

일요일, 데드리프트를 배운 다음 날이었다. 영민 씨에게 동작을 배울 때만 해도 그럭저럭 할 만하다고 생각했는데, 막상 바벨 앞에 서니 몸이 잘 움직이지 않았다. 영민 씨는 등과 엉덩이, 허벅지에 모두 자극이 와야 한다고 했다. 하지만 지수는 바벨을 들어 올릴 때면 팔만 아팠다. 몸 뒤쪽 어느 곳에도 느낌이 오지 않았다. 영민 씨에게 물어보고 싶었지만 그녀는 주말에 출근하지 않았다. 어쩔 수 없이 어색한 자세로 데드리프트 두 세트를 마쳤을 무렵, 지수는 뭔가 잘못됐다는 생각이 들었다. 아무리 연습이 최고라지만 이대로 계속하는 건 의미가 없을 것 같았다. 마지막 세트를 남겨두고 갈등에 빠져 있을 때였다.

그 여자가 보였다.

여자는 4킬로그램짜리 덤벨 앞에 서 있었다. (지수가 꾸준히 헬스장에 나오는 동안 그 여자 역시 그랬다. 덕분에 지수는 여자의 운동 루틴을 조금은 알고 있었다. 그녀는 상체와 하체를 분할해서 격일로 운동을 했다. 그리고 주말에는 러닝머신에서 한 시간을 뛰었다.)

지수의 예상이 맞다면 여자는 이제 유산소운동을 할 차례였다. 하지만 무슨 이유 때문인지, 그녀는 덤벨 앞을 떠나지 못했다. 다른 걸 하고 싶은 걸까? 여자가 고개를 들었다. 지수와 그녀의 눈이 마주쳤다. 지수는 민망하기도 하고, 염치가 없기도 해서 재빨리 시선을 돌렸다. 그때, 여자의 활기찬 저음이 지수를 잡아끌었다.

"일요일에도 열심히 하시네요."

지수는 멋쩍은 미소를 지으며 여자의 얼굴을 마주했다. 그리고 알았다. 지수가 그녀를 지켜보는 만큼 그녀 역시 지수를 지켜봐왔다는 것을. 하지만 왜? 지수는 데드리프트도 제대로 하지 못하는 초보자일 뿐인데? 지수는 쑥스러워하며 대답했다.

"못하니까요. 그래서 그냥 계속하는 거예요."

그러자 여자가 의외라는 말투로 말했다.

"아니요. 대단한데요? 매일 나오시잖아요."

지수는 뭐라 대답해야 할지 몰랐다. 솔직히 여자에게 들을 말은 아닌 것 같았다. 당신이야말로 대단하지 않은가. 매일 같은 시간에, 규칙적으로 몸을 움직이지 않는가. 거의 단 한 번도 빠짐없이, 언제나 이곳에 있는 사람은 당신 아닌가. 하지만 여자가 헬스장에 매일 나온다는 걸 알 수 있는 이유는, 지수도 매일 이곳에 왔기 때문이었다. (이제) 지수 역시 매일 규칙적으로 몸을 움직이는 사람이었다. 하지만 여전히 지수는 여자에게 무슨 말을 해야 할지 몰랐다. (그 이유에 대해 지수는 나중에 깨닫게 된다. 익숙하지 않았기 때문이라고. 그랬다. 살면서 지수는 그런 식의 칭찬을 들어본 적이 별로 없었기 때문에, 어떤 대답을 해야 하는지 잘 알지 못했다.)

그래서 지수는 여자에게 질문을 했다.

"저 혹시…… 운동은 얼마나 하셨어요?"

여자는 천장을 바라보며 잠시 생각에 잠겼다. 그러더니 대답했다.

"처음 배운 건 대학 때였는데…… 꾸준히 하게 된 건 한 3년 정도 된 것 같아요."

"아……."

3년이라. 지수는 자신의 지난 3년을 돌아봤다. 소음에 쫓기고, 얼굴 없는 사람들에게 쫓기던 시간. 그런데 요즘도 꿈을 꾸던가? 사람들이 밤에 그녀를 찾지 않는 건 아니었다. 분명 매일 밤, 지수는 그들을 만나고 있었다. 하지만 이전처럼 오래도록 기억하지는 않았다. 그들을 쫓아가기도 했고, 소리 지르기도 했지만, 새벽에 일어나면 금세 잊었다. 운동을 가야 했으니까. 그랬다. 지수는 매일 새벽 일어나자마자 간단히 세수를 하고 옷을 갈아입었다. 텀블러에 물을 채운 뒤 곧장 밖으로 나왔다. 간밤의 꿈을 떠올릴 겨를이 없었다.

여자가 지수에게 말했다.

"저…… 도움이 될지는 모르겠는데요. 발을 약간만 더 앞에 두고서 일어나 보세요."

그리고는 눈인사를 한 뒤 자리를 옮겼다. 지수는 다시 바벨 앞에 섰다. 여자 말대로 발의 위치를 옮겼다. 앉으면서 바벨을 잡았다. 자세가 훨씬 안정적으로 느껴졌다. 지수는 무게중심을 잘 잡고서 등을 폈다. 힘껏 바벨을 들어 올렸다.

이제 곧 영애 씨의 생일이었다.

*

오후에 미수에게서 문자가 왔다. 영애 씨가 좋

아하는 횟집을 예약했으니, 시간 맞춰 함께 나오라는 내용이었다. (용건만 간단히 적혀 있었다.) 지수가 계속 답장을 하지 않았으니 그럴만했다. (자매는 영애 씨를 통해 대화했다.) 이번에도 역시 지수는 답장을 하지 않았다. 지금껏 영애 씨의 생일, 아빠 제사, 이런 일들은 늘 미수가 주도해왔다. 지수는 미수가 원하는 대로 했다. 돈을 내라고 하면 냈고, 어디 예약을 한다고 하면 그러라고 했다. 미수가 수고하는 만큼 도와줘야 한다고 생각했기 때문에, 나름대로 최선을 다했다. 그런데 언젠가부터 미수는 지수의 행동이 별로 마음에 들지 않는 듯했다. 그래서 지수는 더 노력했다. 정말로 그랬다. 작년 설 때였나. 지수는 미수에게 문자를 보냈다. 고맙다고, 정말 많이 애썼다고 말이다. 이에 미수는 이렇게 답장했다.

"그래, 말이라도 해줘서 다행이네."

지수는 자신이 무엇을 잘못했는지 곰곰이 생각했다. 돈을 덜 냈나? 아니었다. 시킨 일을 안 했나? 아니었다. 그럼 대체 뭐가 잘못된 거지? 지수의 무엇이 미수를 그렇게 화나게 했을까? 그러다 보면 그날 저녁, 영애 씨가 화상을 입을 날로 계속 돌아가게 됐다. 미수의 그 목소리. "좋겠다. 혼자 영화도 보고." 미수는 그날 무슨 생각을 했던 걸까. 물어봤어야 했나. 왜 그런 말을 하느냐고. 어떤 의미로 그러는 거냐고. 직접 물어봤어야 했나. 그러면 괜찮았을까. 생각해보면 설 연휴 내내 미수는 계속 이상하게 굴었다. 쉼 없이 문자를 보내며 영애 씨의 기분을 확인했고, 제사 메뉴를 물어봤다. (미수는 지수를 믿지 못하는 것 같았다. 하지만 무엇을? 뭘 믿지 못하는 거지?) 다 같이 밥을 먹을 때, 미수는 영애 씨 옆에 앉아서 음식을 계속 챙겨줬다. "엄마 이것 좀 먹어봐. 몸에 좋은 거야." 그러다 갑자기 지수를 쏘아봤다. 힐난이 담긴 눈빛이었다. (아주 뚜렷한 메시지가 담긴 눈동자—너는 왜 엄마에게 아무것도 하지 않아? 왜 나만 이렇게 혼자 애를 써야 하지?—) 하지만 대체 무엇을? 지수는 미수가 뭘 원하는지 전혀 알 수 없었다.

그만 생각하자. 지수는 생각의 고리를 끊으려 노력했다. 어서 퇴근하고, 근처 샐러드 가게에서 식사를 하고 싶었다. 그리고 곧장 집에 가서 쉬자.

아니, 헬스장에 갈까? 운동을 하루에 한 번만 하라
는 법은 없지 않은가. 새벽운동은 웨이트 트레이
닝이 대부분이었다. 유산소를 하기에는 시간이 늘
부족했다. 오늘 헬스장에 가서 러닝머신을 뛰어볼
까? 운동 계획을 세우자 갑자기 마음이 분주해지
며 빨리 퇴근하고 싶어졌다. 어서 그 느낌을 만끽
하고 싶었다. 심장이 터질 것 같은 그 순간. 전신에
땀이 폭발하는 그 기분. 그 순간에 쓸데없는 생각
따위는 떠오르지 않았으니까.

6

지수가 퇴근하고 돌아왔을 때, 영애 씨는 준비를 마치고 기다리고 있었다. 표정이 좋지 않았다. 지수는 서둘러 말했다.

"엄마 기다렸지? 지금 나가자."

그러나 지수가 말을 마치기도 전에 영애 씨가 날카롭게 쏘아붙였다.

"너 왜 이렇게 늦어?"

(사실이었다. 지수는 10분 정도 늦었다.)

지수가 할 말을 찾지 못하고 머뭇거리자 영애 씨가 짜증을 냈다.

"야, 너 그냥 혼자 가."

"엄마……."

"나 택시 타고 갈 거야."

영애 씨의 말에 지수는 울컥 화가 치밀었지만, 차분히 설명했다. 서두른다고 서둘렀는데 일이 밀려서 어쩔 수 없었다고 말이다. 사실 지수와 영애 씨는 이런 실랑이를 자주 벌였다. 영애 씨가 고집을 부리거나 화를 내면, 지수가 달래고 사과하는 것. 결국은 영애 씨 뜻대로 되는 것. (시간이 꽤 흐른 후, 지수는 영애 씨가 그런 상황을 즐겼던 것 같다는 생각을 했다. 자신 앞에서 쓸데없이 수다스러워지는 딸. 오로지 자신의 기분을 맞춰주기 위해 무슨 이야기든 다 털어놓으며 눈치를 보는 딸.) 그런데, 살짝 덧붙이자면, 영애 씨를 조금이라도 아는 사람이라면 이 사실을 믿지 못했을 것이다. 본래 영애 씨는 누구에게도 신세 지는 사람이 아니었다. 끊임없이 누군가에게 부탁만 하고 다니다 떠난 남편 때문인지, 영애 씨는 아쉬운 소리를 하는 걸 누구보다 끔찍해했다. 동시에 누군가의 호의를 견디지 못했다. 세상에는 공짜가 없다고 믿었기 때문이다. 그 믿음 덕에 그녀는 친구들을 하나씩 떠나보냈고, 결국에는 혼자 남았지만 덧없는 신뢰 때문에 돌이킬 수 없는 상처를 입는 일은 없었다. 그녀는 독립적이고 강건한 사람으로 나이 먹었다. (동시에 건조하고 어려운 사람으로.) 그녀는 자신의 그런 상태가 꽤 좋았다. 누군가에게 의지할 필요 없이 오직 자기 자신만 지키며 살면 되는 삶. 그러나 자식들 앞에서는 달랐던 것 같다. (어떤 면에서는 글쎄, 영애 씨의 문제라기보다는 그냥 인간이라는 존재의 한계가 그런 걸지도 모르겠다.)

지수가 영애 씨와 함께 살기 시작했을 무렵 이런 일이 있었다.

영애 씨에게 귀농을 한 친구가 있었다. (정확히 말하면 지인의 친구였다.) 그가 영애 씨와 다른 친구들을 집으로 초대했다. 차로 한 시간 정도 거리에 있는 지역이었다. 영애 씨는 예순이 넘은 즈음부터 운전대를 잘 잡지 않았기에 고민이 되었다. 그래서 지수에게 물었다. 혹시 데려다줄 수 없겠

느냐고. 지수는 잠시 생각해보더니 알겠다고 대답했다. (그런데 정말로 지수는 고민을 했을까? 마땅히 해야 한다고 생각했던 건 아닐까. 영애 씨도 그렇다. 정말로 고민 끝에 물어봤을까. 지금, 지수의 상황—빚을 지고 〈무궁화 궁전〉에 기거하고 있는—이라면, 당연히 자신을 도와야 한다고 생각했던 건 아닐까?) 어쨌든 지수는 그날 회사에 연차를 냈다. 그리고 영애 씨는 내심 당황했다. 지수가 그렇게까지 할 줄은 몰랐던 것이다. 그래서 괜찮다고 말하려 했으나, 곧 관뒀다. 이후 영애 씨는 지수와 어떤 일이 생겼을 때, 그래서 어떤 말을 해야 하는 순간, 이런 식으로 자주 관두게 된다. 그래, 원인을 찾자면 여러 가지가 있을 것이다.

엄마에게 온갖 이야기를 다 하는 딸. 엄마에게 사랑받는 걸 중요하게 생각하는 자식. 그래서 약한 부분을 속속들이 다 펼쳐놓는 자식. 수월하고 편하고, 무슨 말이든 할 수 있는 자식.

횟집으로 이동하던 중, 영애 씨가 지수에게 물었다.

"너는 이제 차 안 사니?"

"차? 응, 별생각 없네."

"그럼 계속 이렇게 내 차 몰고 다닐 거야?"

지수는 살짝 미소를 지었다. (영민 씨가 그런 말을 했다. "운동할 때 찡그리지 마세요. 얼굴을 찌푸리면 우리 몸은 그걸 스트레스로 받아들여요. 그러니까 아무리 힘들어도 최대한 미소를 지어보는 거죠.") 지수가 영애 씨의 차를 빌린 건 딱 두 번이었다. 친구 결혼식에 갈 때, 그리고 회사 동료의 부탁으로 큰 짐을 날라야 했던 날. 영애 씨는 두 번 다 내키지 않는 눈길로 차 키를 내줬다. 이후 지수는 영애 씨에게 차를 빌려달라는 소리를 하지 않았다.

지수는 침을 삼켰다. 수다스러워지고 싶었다. 아무 이야기나 마구잡이로 지어내면서, 이 고요한 순간을 빈틈없이 꽉꽉 메우고 싶었다.

영애 씨가 다시 입을 열었다.

"미수는 차 바꿨어."

"그래?"

"다들 그러더라. 정말 좋은 차라고."

지수는 궁금했다. 영애 씨가 말하는 '다들'은 누구일까. 종종 이야기하는 그 친구들? 어린 시절 남다르게 지냈지만, 어느 순간 모조리 연락이 끊긴 그 사람들? 아니면 전 직장 동료들? 영애 씨가 퇴직했다는 이유로 미수의 결혼식에 참석하지 않았던 이들? 아니면 종종 나가는 원데이 클래스의 사람들? 문화센터의 강사? 그렇게 생각하자 지수는 문득 가슴 한구석이 싸늘하게 식는 기분이 들었다. 지수 역시 영애 씨와 크게 다르지 않았던 것이다. 연락하고 지내는 친구는 거의 없었고, 회사 동료들과도 최소한의 예의만 지키며 시간을 보냈다. 누군가와 소소한 대화를 해본 게 언제였더라. 지수는 영민 씨를 떠올렸다.

"엄마가 보기에는 어때?"

지수는 물었다. 영애 씨가 고개를 돌리며 반문했다.

"뭐가?"

"미수 차 말이야. 엄마 생각에도 좋아?"

"글쎄? 뭐, 좋겠지."

"안 타봤어? 그런데 좋은지 어떻게 알아?"

영애 씨가 짜증을 냈다.

"애, 꼭 타봐야 아니? 그리고 바쁜 애한테 차 태워 달라는 말을 어떻게 하니?"

늘 바쁜 미수. 뭘 부탁하기가 참 어려운 미수. 영애 씨의 미수. 사실 영애 씨가 지수의 이야기를 듣고만 있는 건 아니었다. 영애 씨도 말을 하긴 했다.

주로 미수에 대해서.

미수의 성적, 미수의 성격, 미수가 만나는 남자. 미수의 직장, 제부의 집안, 미수가 주는 용돈……. 그런 말을 하고 있을 때 영애 씨는 무척 신이 나 보였고, 조금 행복해 보이기도 했다. 미수가 영애 씨를 그렇게 만들어주는 것 같았다. (그러나 단언컨대, 영애 씨는 두 딸을 모두 사랑했다. 그건 사실이었다.) 다만 영애 씨는 짐작했던 것 같다. (그랬을지 모른다.) 어린 시절 미수가 그네를 높이 타는 걸 보면서 말이다. 저 애가 나의 자랑이 될 거라고. (나를 책임지게 될 거라고.) 그렇다면 지수는 뭐였을까. 겁이 많고 쉽게 포기하는 아이. 험악한 예언을 들어도 아무 말 못 하는 아이. 뭐든 동생보다 부족한 아이. 대학도 취업도 모든 게 다 늦은 아이. 겨우 모은 돈 전부를 다 도둑맞고 영애 씨의 집에 기거하는 아이. 하지만 지수는 영애 씨에게 생활비를 냈다. 영애 씨가 원하면 어디든 데려다주려 노력했다. 집안 살림의 많은 부분을 도맡아했다. (이건 책임지는 게 아닌 걸까. 아, 혹시 책임에도 등급이 있는 걸까.)

식당에는 미수와 제부가 먼저 와 있었다. 미수는 엄마를 보며 환히 웃었다. 지수에게는 어색하게 눈인사만 간단히 했다. 오늘 미수는 검은색 셔츠에 청바지를 입었다. 요즘 유행하는 브랜드의 셔츠였다. 자리에 앉는 순간, 지수는 영애 씨가 미수의 셔츠 소매를 살짝 문지르는 것을 보았다.

한창 식사를 하는 중, 제부가 지수에게 물었다.

"처형은 요즘 어떻게 지내세요?"

지수는 고개를 들었다. 누군가 그녀에게 질문을 하리라고는 생각하지 못했던 것이다. 지수는 입에 넣은 김치 조각을 서둘러 삼킨 뒤 대답했다.

"저요? 그냥 똑같죠. 회사 가고 집에 오고……."

"그래요? 얼굴이 좋아 보이세요."

"아, 요즘 운동하거든요."

미수가 갑자기 대화에 끼어들었다.

"운동? 언니 운동해? 운동장이라도 뛰는 거야?"

"아니, 새벽에 헬스장 가."

"헬스?"

정적이 흘렀다. 지수는 당황했다. 내가 헬스장에 다닌다는 게 이렇게 놀랄 일인가? 미수는 특유의 쏘아보는 눈빛으로 지수를 지그시 바라보더니, 다시 물었다.

"헬스 어렵지 않아?"

"아니, 꼭 그렇지도 않아. 그리고 선생님한테 따로 배우고 있어."

미수의 목소리가 살짝 높아졌다.

"언니, 혹시 개인 수업 받아? 피티?"

그 순간, 방문이 열리며 직원들이 들어왔다. 회정식이 나왔다. 광어회와 추가로 주문한 연어회 세트. 맛있는 음식을 앞에 두고도 지수는 흥이 나지를 않았다. 공짜로 얻어먹는 것도 아니고, 지수도 비용을 당당히 절반이나 낸 자리인데 왜 이렇게 가시방석일까. 지수는 영애 씨를 힐끔 쳐다보았다. 집에서와 달리 영애 씨는 기분이 좋아 보였다. 그때 갑자기, 지수는 미수의 취직 소식을 들었던 날이 떠올랐다. 그날 영애 씨는 방에서 공부 중인 지수를 불러내, 백화점에 데리고 갔다. 미수에게 옷을 사줘야 한다고 했다. 두 사람 체격이 비슷하니, 지수가 옷을 대신 입어보면 될 거라고 했다. 그날 영애 씨는 당신은 한 번도 입어본 적 없는 브랜드에서 미수의 원피스를 샀다. 그리고 역시 그날, 지수는 자신도 모르게 기대를 했던 것 같다. 나도 취직을 하게 되면 영애 씨가 옷을 한 벌 사줄 거라고.

참 철이 없었다.

직원들이 방을 떠나자마자 미수의 날카로운 목소리가 되돌아왔다.

"언니, 그 수업 비싸지 않아?"

"……싸지는 않지."

"얼마야?"

지수는 피로해졌다. 알았다. 알고 있었다. 미수는 지금 묻고 있는 것이다. 엄마 생일에 뭘 할지, 어디로 갈지 그런 문자에는 답도 없더니, 값비싼 운동을 배우고 있다고? 엄마 살림을 도우기는커녕, 생활비를 올려드릴 생각도 하지 않으면서 개인 수업을 받는다고? 내가 엄마한테 얼마를 주는지 알아? 양심이 있으면 비슷하게라도 낼 생각을 해야지. 그것뿐이야? 전세 사기 당했을 때 내가 도와준 500만 원을 돌려줄 생각도 하지 않으면서 운동을 한다고? 그런 곳에 쓸 돈은 있고, 가족에게 내놓을 돈은 없는 거야? 대체 언제까지 그렇게 살 생각인 거야?

하지만 미수야.

미수의 눈을 마주하며 지수는 말을 삼켰다. 어쩌면 그동안 하고 싶었던 말. 아니, 어쩌면 줄곧 해왔을지도 모르는 말. 너는 툭하면 해외로 여행을 떠나고, 캐시미어가 아니면 쳐다보지도 않고, 외제차를 타고 다니잖아. 너는 그 셔츠를 입잖아. 입을 수 있잖아. 나는 뭘 좀 배우면 안 되니? 변화를 원하면 안 되는 거야? 네가 원하는 나의 삶은 뭐야? 언제나 너보다 못난 언니로 살아가는 것. 나를 위한 그 어떤 노력도 하지 않고, 비루하게 나이 먹어가는 것. 네가 계속 한심해할 수 있는 사람으로 사는 것. 그런 기분을 즐길 수 있게 하는 것. 그런 거야?

그러나 지수의 입에서는 전혀 다른 말이 튀어나왔다.

"엄마, 나 다시 독립할게."

그제야 영애 씨가 지수를 쳐다봤다.

"뭐라고?"

"독립한다고."

영애 씨가 황당하다는 목소리로 대답했다.

"또?"

미수가 또 다시 대화에 끼어들었다.

"언제? 어디로? 제대로 알아보기는 했어?"

제부가 가족들의 눈치를 보며 헛기침을 했다. 그렇다고 해서 상황이 나아지지는 않았다. 미수의 질문이 이어졌다.

"그럼 엄마는 어떻게 하고?"

지수는 되물었다.

"뭘 어떻게 해?"

"언니 나가면, 엄마 혼자 계시잖아. 엄마 혼자 그 넓은 집 살림을 어떻게 해. 그리고 엄마 볼일 있을 때는 어떻게 해? 이제 엄마 운전도 잘 안 하는데."

지수는 영애 씨를 향해 시선을 돌렸다. 의미 없었다. 지수와 미수가 다투면, 영애 씨는 절대 끼어들지 않았다. 그냥 내버려두었다. 마치 영애 씨는 지수가 제 풀에 지쳐 나가기를 기다리는 것처럼 보였다. (그래. 어차피 영애 씨는 알고 있었을 것이다. 지수가 먼저 포기할 거라는 걸. 그네를 쉽게 포기하는 아이. 높이 올라가는 걸 두려워하는 아이. 누군가의 고집 앞에서 자신의 마음을 간단히 접는 아이.) 이번에도 영애 씨는 말이 없었다. 지수가 쉽게 포기할 거라 생각하는 것 같았다. (물론…… 지금 지수가 느끼는 이 모든 감정은 피해의식일지도 몰랐다. 그러나 지금 이런 감정을 느낀다는 게 중요하지 않을까? 아닌가?) 지수는 계속 이렇게 살고 싶지 않았다. 지수는 시들어가는 식물이 아니었다. 설사, 시들어간다고 해도, 베란다 한구석에 계속 처박혀 있고 싶지는 않았다. 지수는 빛이 필요했다. 빛을 원했다.

　지수는 가방을 챙겼다. 누가 뭐라 할 새도 없이 자리에서 일어났다. 그때 제부가 지수를 불러 세웠다.

　"처형……."

　지수는 제부를 쳐다봤다. 제부가 중얼거리듯 말을 이었다.

　"처형이 지금 가버리시면…… 장모님은 집에 어떻게 가셔야 하는지……."

　지수는 대답했다.

　"새 차 뽑았다면서요."

7

자, 이쯤 되면 미수의 입장이 궁금할 것이다. 무엇이든 잘하는 미수, 언니의 기를 죽이며 자란 미수, 어디서든 할 말을 하던 미수.

미수의 첫 번째 아르바이트는 토스트 가게에서 빵과 계란을 굽는 일이었다. (그로부터 약 5개월 뒤, 미수는 과외를 소개받았지만 첫 월급의 대부분을 수수료로 지불했다. 지수는 모르는 일이다. 지수는 미수가 처음부터 쉽게 고액 과외를 구해서 일을 하기 시작했다고 알고 있다.) 아침에 토스트를 먹고 출근하는 사람이 그렇게 많다는 걸, 미수는 그때 알았다. (그래서 미수 역시 직장인이 되었을 때, 일말의 고민 없이 아침 메뉴로 토스트를 골랐다.)

미수 옆에서 함께 토스트를 만들던 친구가 있었다. (이름을 미주라고 하자.) 미주와 미수는 호흡이 잘 맞았다. 한동안은 토스트를 함께 만들었다. 한 명이 마가린을 팬에 바르고 식빵을 굽기 시작하면, 다른 사람은 곧장 햄이나 계란을 굽는 것이다. 직원 한 명이 토스트를 만드는 속도보다 훨씬 빨랐다. 때문에 두 사람이 같이 일하는 걸 나무라는 사람은 없었다. 미수는 미주를 좋아했다. 미주는 성실하고 부지런하고, 입이 매우 컸다. (미수는 그 점이 가장 좋았다.) 그리고 미수와 미주 모두 둘째였다. 다만 미수와 달리 미주는 툭하면 언니 욕을 그렇게 했다. (미수는 밖에서 가족의 흉을 본 적이 없었기 때문에, 미주가 언니 욕을 할 때면 언제나 깜짝깜짝 놀랐다.) 미주는 언니를 욕심 많은 돼지 호랑이 같다고 했다. 처음에 미수는 돼지면 돼지고, 호랑이면 호랑이지 왜 돼지 호랑이일까 싶었지만, 미주의 말을 듣다 보면 이해가 되었다. 미주는 언니를 싫어하고 미워하고, 답답해하면서도 조금은 무서워했다. 당시 돼지 호랑이의 가장 큰 문제는 집에 들어오지 않는다는 점이었다.

"아주 안 들어오는 건 아니고, 들어오긴 들어와. 새벽 3시나 4시쯤."

"그 시간까지 뭐 하는데? 또 클럽에 있어?"

"아니, 요즘은 안 가더라. 아르바이트 해. 돈에 환장을 했어."

순간 미수는 잘 이해가 되지 않았다. 그동안 미주의 불만은 언니가 매일 놀기만 한다는 데 있었다. 미주가 허탈하다는 듯 웃으며 덧붙였다.

"집에 한 푼도 안 내놔."

그제야 미수는 고개를 살짝 끄덕였다. 그래, 그러면 미울 수 있지. 애초 미수와 미주가 친해진 것도, (일을 할 때 호흡이 잘 맞아서 그런 것도 있지만) 집안의 생계를 진심으로 걱정한다는 점에 있었다. 무능한 부모. 소심한 부모. 지금까지 세상을 어떻게 살아왔나 싶을 정도로 철이 없는 부모. 자식 없었으면 어떻게 살았을까? 그들은 수입의 일정 부분을 꼬박꼬박 부모에게 줬다. 하지만 언니들은 달랐다.

"그럼 언니는 돈 벌어서 어디에 쓰는데?"

미수의 질문에 미주가 기다렸다는 듯 대답했다.

"성형수술을 하시겠댄다."

그 순간 처음으로, 미수는 미주에게 거리감이 느껴졌다. 미수는 생각했다. 그래도 네 언니는 돈이라도 벌지. 내 언니도 그랬으면 좋겠다. 차라리 돈을 벌어서 한 푼도 안 주고 혼자 쓰기라도 했으면 좋겠다. 아니 밖에 돌아다니면서 그냥 놀기라도 했으면 좋겠어. 친구가 많던지, 남자가 많던지. 아무튼. 뭐든 좀 했으면 좋겠다고. 그때 지수는 무엇을 했나.

집에 있었다. (아르바이트 면접에서는 모두 떨어졌고, 대학 수업도 잘 따라가지 못했다. 그런 지수를 볼 때마다 미수는 미칠 지경이었다.) 영애 씨 역시 미칠 것 같다는 표정으로 지수를 바라보다가 성질을 이기지 못하고 목소리를 높였다. 미수는 가슴이 철렁 내려앉았다. 왜 저렇게 말하는 거야? 언니가 정말로 그렇게 살게 되면 어쩌려고? 그러면 언니의 삶은 누가 책임지는 건데? 하지만 영애 씨는 목소리를 낮추지 않았다. 잔뜩 화를 내고서는 미수에게 고개를 돌렸다. 어린 시절, 미수가 그네를 탈 때면 영애 씨는 언제나 그런 얼굴을 했었다. 그때는 영애 씨의 그 표정이 참 좋았었는데.

그랬었는데.

*

지수는 집에 돌아오자마자 옷을 갈아입고, 근처 학교 운동장으로 나왔다. 귀에 이어폰을 끼고 음악을 틀었다. 운동장을 걷기 시작했다. 바람이 이마에 와 닿았다. 운동을 나온 사람들이 꽤 있었다. 러닝머신에서 걸을 때와는 느낌이 달랐다. 직접 땅을 딛고 앞으로 나아가야 했으니까. 몸 전체를 더 많이 움직여야 했다. 세 바퀴쯤 걸은 후, 지수는 천천히 뛰기 시작했다. 달린다는 말을 하기에는 민망했다. 그녀는 걷는 것과 거의 다를 바 없는 속도로, 좁은 보폭으로 뛰었다. 더 욕심내지 않았다. (지수는 여전히 그네를 타던 시절과 달라진 게 없었다.) 지금 뛰고 있는 만큼, 딱 이 정도로만

30분, 혹은 40분. 지수는 그만큼만 원했다. 금세
몸이 뜨거워지고 호흡이 가빠졌다. 지수는 계속
반복했다. 그저 걷고 뛰고, 다시 걷는 것. 다른 생
각은 들지 않았다. 미수와 영애 씨, 꿈속을 찾아오
는 다른 사람들. 운동장을 뛰는 내내, 지수는 그들
을 한 번도 떠올리지 않았다.

*

　지수는 땀에 흠뻑 젖은 채 집으로 돌아왔다. 영
애 씨는 집에 와 있었다. 소파에 앉아 텔레비전을
보고 있었다. 화가 난 것 같기도 했고, 슬픈 것 같
기도 했다. 이전 같으면 지수는 영애 씨에게 다가
가 이런저런 이야기를 하며 기분을 풀어주려 애썼
을 것이다. (영애 씨는 그 상황이 찾아오기를 기대
하고 있는 것 같기도 했다.) 하지만 지수는 별다른
생각이 들지 않았다. 뭐랄까, 몸 안에 더 이상 '말'
이 남아 있지 않았다. 억지로 지어낸 말, 황급히 부
풀리는 말, 그 모든 것이 없었다. 지수는 조용히 욕

실로 들어갔고, 오래도록 샤워를 했다. 밖으로 나왔을 때, 영애 씨는 여전히 텔레비전을 보고 있었다.

물을 마시려 냉장고 문을 열었을 때, 영애 씨가 물었다. (드디어 입을 열었다.)

"집 나가려고?"

"응."

지수는 대답했다.

"왜?"

지수는 물을 한 모금 마신 뒤, 영애 씨를 쳐다봤다. 모녀는 서로를 응시했다. 잠시 시간이 흘렀다. 영애 씨는 텔레비전을 껐다. 지수는 말했다.

"엄마는 내가 집에 있었으면 좋겠어?"

"뭐?"

"내가 있는 게 편해?"

영애 씨는 대답하지 않았다. 지수가 보기에 영애 씨는 자신의 마음을 정확히 모르는 것 같았다. (하지만 이건, 어디까지나 지수의 관점일 뿐이다. 그걸 분명히 해두자.) 어느 순간 딸이 집으로 왔고, 그 때문에 불편한 점도 있었을 것이다. 태풍이

몰려오는 밤이나, 계단에서 넘어진 날, 병원에 가야 하는 날, 스마트폰에 앱을 설치해야 하는 날. 그럴 때 영애 씨는 지수와 사는 게 나쁘지 않았을 것이다. 뭔가 바로바로 해결이 되었을 테니까. 하지만 지수가 묻는 건 그런 게 아니었다. 그런 것들을 제외한 삶. 빨래와 화장실 청소를 해주고, 생활비를 나누어 내고, 필요할 때마다 곁에 있어주는 그런 사람과 함께 사는 삶 말고, 그냥 영애 씨와 지수의 삶. 엄마, 엄마는 나랑 사는 게 좋아?

영애 씨는 이제 일흔을 바라보고 있었다. 그녀는 지수의 말을 들으면서, 살아온 세월을 빠르게 훑어보았다. 얼마나 많은 사람을 만났던가. 얼마나 많은 이들과 헤어졌던가. 누군가를 지독하게 신뢰해본 적도 있었고, 걷잡을 수 없는 실망감을 느낀 적도 있었다. 그녀 역시 누군가를 배신했다. 일방적으로 관계를 끊고 다시는 보지 않은 일도 있었다. 생각해보면 관계는 참 쉽게 변했다. 상황이 달라지면서, 그냥 연락이 드문드문해지면서, 찰나의 순간에 의견이 부딪치면서. 하지만 돌이켜보면 그냥 싫증이 났을 뿐이다. 인생은 생각보다 너무 길고 지겨워서, 그렇게 자주 변덕을 부리지 않으면 살아 있다는 느낌을 받을 수가 없었다. (그런 것 같았다.) 자식과의 관계라고 해서 다를까. 내가 낳았다고 해서 내 것은 아니다. 영애 씨는 지수가 그네를 탈 때마다 언제나 생각했다. 너는 나보다는 더 높이 올라갔으면 좋겠다고. 하지만 지수는 항상 그네에서 너무나도 쉽게 내려왔고, 영애 씨와 똑같은 목소리로 못 하겠다고 울먹거렸다. 그 때문이었을까. 그래서 영애 씨는 착각을 했던 걸까. 아니, 무엇을 착각했단 말인가.

"나가고 싶으면 나가야지."

영애 씨가 말했다. 그리고 텔레비전을 켰다. 모녀는 나란히 앉아 뉴스를 봤다. 잠시 후 영애 씨가 말했다.

"나 이제 진짜로 손님을 초대하려고."

8

"이 운동을 할 때가 되었어요."

영민 씨가 이렇게 말했을 때만 해도 지수는 긴장하지 않았다. 데드리프트 중량을 올리려나 싶었을 뿐이다. 그러나 영민 씨는 지수를 벤치로 데려가더니, 누워보라고 했다. 그때까지만 해도 지수는 영민 씨가 농담을 한다고 생각했다. 지수 생각을 알아챘다는 듯, 영민 씨가 말했다.

"한 번 하고 나면 세상이 달리 보이실 거예요."

영민 씨가 시키는 대로 자리에 누워 가슴 위의 바벨을 잡는 순간까지만 해도, 지수는 의심이 들었다. 이걸 들 수 있을까. 지수 머릿속에 꽤 많은 사람들이 지나갔다. 유명한 운동선수들이나, 연예인들, 힘이 세고 덩치가 큰 사람들. 지수는 심호흡을 하며 가슴에 힘을 줬다. 그동안 중량을 늘릴 때마다 늘 비슷한 생각을 했다. 이걸 할 수 있을까? 그때마다 영민 씨는 할 수 있다고 말했고, 실제로 그랬다. (지수를 향한 영민 씨의 예언은 틀린 적이 없었다.) 그러면서 지수는 자꾸만 운동에 욕심을 내게 됐다. 더 잘할 수 있을 것 같았고, 가능성이 있어 보였다.

지수는 끙, 하는 기합 소리와 함께 바벨을 들어 올렸다. 가슴에 힘이 들어가면서, 미세한 자극이 상체 전체로 번져나갔다. 힘껏 들어 올린 팔이 부들부들 떨렸다. 지수는 바벨을 꽉 잡고서 천천히 가슴 쪽으로 끌어당겼다. 아주 천천히, 지수는 바벨을 제자리에 돌려놓았고 길게 숨을 내쉬었다. 이마에 땀이 송골송골 맺혀 있었다.

"어때요? 생각보다 별거 아니죠?"

지수는 이마의 땀을 닦으며 고개를 끄덕였다. 기분이 좋았다. 영민 씨가 숫자를 세기 시작했다. 지수는 다시 바벨을 꽉 잡았고, 힘을 주어 팔을 밀어 올렸다.

운동이 끝난 후, 영민 씨가 말했다.

혈색이 진짜 좋아지셨어요."

"그래요?"

"네! 처음 오셨을 때는 창백하셨거든요."

그 말에 지수는 가볍게 웃었다. 영민 씨 말이 맞았기 때문이었다. 그때만 해도 지수는 제대로 잠도 못 자고, 몽롱한 상태로 시간을 보내며 울적해만 했으니까. (불과 석 달 전 일이다.) 창백하다 못해 거의 죽은 사람이나 다름없었다. 물론 지수는 요즘도 꿈을 꾸긴 했다. 그런데 꿈의 양상이 조금 바뀌었다. 이전에는 그저 상대를 쫓아가며 (혹은 쫓기며) 소리를 지르는 게 주된 내용이었는데, 요즘은 상대에게 조목조목 뭔가를 따지는 순간이 많았다. 상황이 억울하다는 점에서는 별반 차이가 없었다. 때때로 싸움에서 지기도 했다. 비록 꿈속이었지만, 그건 정말로 분했다. 하지만 상대에게 상처를 주기 위해 온 힘을 다해 소리를 지르거나, 때때로 화를 이기지 못하고 물리적으로 달려들 때보다 훨씬 나았다. 조금 덜 억울하고, 덜 슬픈 것.

그것만으로도 아침이 훨씬 상쾌했다.

영민 씨가 개인 일지를 건넸다. 사인을 하면서 보니 지수의 수업 횟수는 이제 세 번이 남아 있었다. 영민 씨가 물었다.

"운동 계속하시겠어요?"

대답이 바로 나오지 않았다. 고민이 되었다. 지금 지수는 이사를 생각하고 있었으니까. 대충 얼버무릴까 싶다가 솔직하게 말했다.

"이사를 생각하고 있어서…… 어려울 것 같아요."

"아, 그러세요? 어느 쪽으로 가세요?"

"아직 정확하지는 않은데요. 회사 근처로 갈 생각이라, 아마 시 중심가 쪽으로 가지 않을까 싶어요."

그러자 영민 씨가 갑자기 박수를 치며 말했다.

"거기 엄청 좋은 헬스장 있어요!"

그러더니 영민 씨는 그 헬스장의 기구들에 대해 이야기를 시작했다. 여기는 없지만 그곳에는 있는 것들에 대해서 말이다.

"기구가 좋다고 해서 운동을 잘하는 건 아니지

만, 어쨌든 새로운 걸 경험해보는 건 좋은 거잖아
요!"

아쉬워할 줄 알았는데 영민 씨는 오히려 신이
나 보였다. 지수에게 처음 운동을 가르쳐줬을 때
처럼 말이다. 그때 영민 씨는 수줍어하는 지수를
적극적으로 이끌었다. 그러면서 몸에 맞는 다양한
자세를 알려줬다. 식단, 음료, 영양제도 알려줬다.
지수는 영민 씨가 가르쳐준 모든 걸 그대로 따르
지는 못했지만, 어느 정도는 실행하려고 애썼다.
그건 지수가 운동을 좋아하게 되어서 그런 것이기
도 했지만, 영민 씨를 만났을 때의 그 느낌, 단단하
고 열정적인 에너지에 영향을 받았기 때문이기도
했다. 지수는 영민 씨가 고마웠다.

집에 돌아온 지수는 영민 씨에게 배운 운동들을
정리해봤다. 그동안 영민 씨는 수업을 할 때마다
지수의 자세를 핸드폰으로 촬영해서 메시지로 보
내줬다. 그 영상들을 모아보니 수십 개가 넘었다.
지수는 처음 데드리프트를 배울 때의 영상을 재생
했다. 자세도 어색했지만, 표정도 딱딱했다. 이번
에는 스쿼트를 하는 영상을 봤다. 얼굴이 잔뜩 붉

어져서는 금방이라도 터질 것 같았다. 하지만 최근 영상으로 갈수록 지수는 조금씩 여유 있는 표정으로, 안정적인 자세로 동작을 이어나갔다. 뭐랄까…… 그래, 운동하는 사람 같았다. 그리고 달라진 건 그것만이 아니었다. 지수는 자리에서 일어나 거울 앞에 섰다. 자신의 몸이 많이 변했다는 걸 알 수 있었다. 지수는 언제나 등이 굽어 있었는데, 이젠 그렇지 않았다. 어깨가 조금 넓어지고 등과 허리가 곧아졌다. 그녀는 자신의 허리를 손으로 만져보았다. 제법 날씬했다. 하지만 그보다 인상적인 건 근육이 잡힌다는 점이었다. 이전에는 허리를 손으로 잡으면 물렁물렁했다. 하지만 이제는 꽤 단단했다. 마치 살의 조직 자체가 변한 것 같았다. 체력도 좋아졌고, 잠도 훨씬 잘 자고, 말 그대로 튼튼해졌다. 건강해진 것이다.

물론 그녀가 지금 느끼고 있는 이 기분, 강해진 것 같다는 인상은 착각일 수도 있었다. 몸이 튼튼해졌다고 해서, 인생의 고난 앞에서도 강해지리라는 법은 없었다. 고난이라는 건, 진짜 말 그대로 고통스럽고 힘겨운 것이니까. 30킬로그램짜리 무게

를 들어 올리는 것과는 차원이 다른 문제일 것이
다.

전화벨이 울렸다. 미수였다.

9

　자매는 서로를 마주 보고 앉았다. 지수는 캐모
마일 티를 주문했고, 미수는 아이스 아메리카노를
주문했다. 음료가 나올 때까지 두 사람은 아무 말
도 하지 않았다.

　커피를 한 모금 마신 뒤, 미수가 먼저 입을 열었
다.

　"집은 알아봤어?"

　"알아보는 중이야."

　"어디로?"

　"회사 근처로."

　"전세?"

"아직 몰라. 더 알아봐야지."

그리고 두 사람은 (동시에) 침묵했다. 아마 누군가 입을 열면 말다툼이 시작되리라는 걸 알았기 때문일 것이다. (하지만 그들이 말다툼이라는 게 뭔지 알까? 지수와 미수는 싸워본 적이 없었다. 설탕 뿌린 토마토를 가운데 두고 서로를 노려봤던 까마득한 어린 시절을 제외하면 말이다.) 때문에 두 사람은 애꿎은 머그잔만 내려다보며 각자의 생각을 곱씹을 뿐이었다.

(그들은 왜 싸우지 않았을까. 왜 눈치를 봤을까. 왜 솔직하지 않았을까. 그런데, 과연 솔직해지는 게 가능할까?)

지수는 물었다.

"내가 준비가 안 됐다고 생각해?"

미수는 멈칫했다.

(왜 그들은 싸우지 않았을까.)

"아니, 뭐 꼭 그렇다기보다는…… 갑자기 통보를 하니까 그렇지."

"계속 생각했던 거야. 언제까지 엄마랑 함께 살 수는 없잖아."

"그러면 엄마는?"

"엄마가 왜?"

(지수에게는 언제나 그런 버릇이 있었다. 문제를 모른 척하기. 그래서 문제가 없는 것처럼 굴기. 그리고 미수에게도 버릇이 있었다.)

미수는 깊이 한숨을 내쉬었다. 그러더니 지수를 똑바로 쳐다봤다. 잔뜩 짜증이 난 얼굴이었다. 도저히 참을 수 없다는 표정이었다. 지수는 생각했다. 내가 무엇을 잘못했을까. (정말 잘못일까?) 왜 이 지경이 된 걸까. (역시 내 탓일까?) 지수는 또 생각했다. 내 표정은 어떨까.

미수를 어떻게 바라보고 있을까.

그 순간, 미수가 입을 열었다.

"야."

순간 지수는 머그잔을 붙잡은 채 그대로 얼어붙었다. 귀를 의심했다. 미수가 지금 나를 '야'라고 부른 건가? 지수조차도, 지금껏 미수를 단 한 번도 '야'라고 부른 적이 없었다.

그러나 미수는 말을 멈추지 않았다. (이게 미수의 버릇이었다.)

"어쩌면 이렇게 배려가 없어?"

아주 오랫동안 지수는 미수에게 하고 싶은 말이 있었다. 하지만 하지 않았다. 그렇게 지내다 보니 애초 하고 싶은 말이 없었던 것처럼 느껴지기도 했다.

하지만 지수는, 얼마든지 수다스러워질 수 있는 사람이다.

그렇다.

그 순간부터 자매는 말을 주고받기 시작했다. 조금 더 솔직한 말, 그래서 더 모욕적인 말, 아마 서로의 마음에 평생 남게 될 말. (만일 두 사람이 가족이 아니었다면, 조금은 예의를 지켰을지도 모르겠다.) 그들이 주고받은 대화에 등장한 단어들은 대략 다음과 같다. 이기심. 비굴함. 인간성. 가정교육. 오만함. 역겨움. 공감능력. 착취. 추잡함. 저열함. 속물. (그들은 욕설도 주고받았다. 외설스럽고 직관적인 욕설. 서로를 잘 알기 때문에 상대의 얼굴을 거세게 긁어버릴 수 있는 그런 단어들.) 카페 안의 사람들이 자매를 힐끔거렸다. 그러나 두 사람 중 누구도 개의치 않았다. (그런 척했다.) 사실 지수는 미수가 상상 이상으로 못되게 구는 것에 대해 많이 놀랐고, 미수는 꺾이지 않고 계속 달려드는 지수의 모습에 살짝 겁을 먹었다. 그래서 미수는 자신도 모르게 옥박질렀다. "나 어디 가서 그런 이야기 듣는 사람 아니야. 그건 다 언니 착각이야." 지수는 물러서지 않고 반박했다. "다들 네 눈치 보느라고 말하지 않은 거겠지. 너는 그런 사람 아니면 옆에 안 두잖아?"

그 말을 마친 뒤, 지수는 가방에서 봉투를 꺼내 탁자 위에 올려놨다. 굳이 설명할 필요 없었다. 봉투 안에는 5년 전, 지수가 사기를 당했을 때 미수가 건네줬던 돈 500만 원이 들어 있었다. 미수는 굳은 얼굴로 봉투를 내려다봤다. 지수의 머릿속으로 온갖 말들이 밀려올라왔다. (아주 찰나이지만 상상도 했다. 꿈에서 저질렀던 일들. 머리채를 잡고, 양 어깨를 밀어 넘어뜨리던 그런 행동들을 실행하는 상상.) 말을 하면 할수록 화가 났고, 잘 가라앉지 않았다. 내가 얘를 이렇게 미워했었나. 이렇게 많이 화가 났었나. 지수는 입술을 깨물며 말을 골랐다. 모든 걸 망가뜨리는 말. 다시는 회복할 수 없는 말. 그런 말. 지수는 동생에게 그런 말을 집어 던지고 싶었다. 하지만 때가 다가온 그 순간, 지수는 (놀랍게도) 서글픈 목소리로 천천히 진심을 말했다.

"엄마가 너만 보고 있을 때…… 부담스럽지?"

그리고 지수는 자리에서 일어났다.

그날 밤, 지수의 꿈에는 누구도 나타나지 않았다.

10

지수는 회사 근처에 월세 집을 구했다. 계약을 마치고서는 근처 분식집에서 비빔밥을 먹었다. 맛이 괜찮았지만, 배부르게 먹지는 않았다. 갈 데가 있었기 때문이다. 근처에 있는 헬스장이었다. 영민 씨가 이야기해준, 시설 좋은 체육관.

지수는 동네를 둘러보며 천천히 헬스장으로 향했다. 편의점 두 군데를 지나쳤다. 빛이 많이 들어올 것 같은 카페 하나도 발견했다. 이사는 다음 주 월요일이었다. 영애 씨는 지수를 평소처럼 대했다. 계속 자질구레한 부탁을 하고, 지수의 질문에는 짤막하게 대답했다. (문제를 모른 척하기. 그래서 아예 없는 것처럼 굴기.) 그래서 지수 역시 평소처럼 굴었다. (하지만 말을 많이 하지는 않았다. 침묵을 가만히 내버려뒀다. 생각보다 어색하지 않았다.)

미수에게는 연락이 없었다. 지수는 기대하지 않았다. 어쩌면 미수와는 평생 이런 관계로 살아갈지도 몰랐다. 지수는 가족을 사랑했다. 진심이었다. 그리고 (드디어 인정하건데) 그들을 진심으로 미워했다. 지수는 이 마음을 내버려두기로 했다.

지수는 헬스장 문을 열고 들어갔다. 영민 씨 말대로 시설이 굉장히 좋아 보였다. (기구가 다 새것 같았다.) 이전 헬스장보다 세 배는 커 보였다. 그 때문인지 틀어놓은 음악 소리도 훨씬 크게 들렸다. 갑작스레 낯선 환경에 들어와서인지 약간 긴장되었다. 그때 누군가 지수에게 말을 걸었다.

"등록하러 오셨어요?"

건장한 체격의 남자였다. 지수는 고개를 저었다. 그래, 아직은 아니었다. 한번 해보고. 그때 결정해도 늦지 않을 테니까. 그래, 새로운 걸 경험해보자.

지수는 1일권을 이용하려고 한다고 대답했다. 그러자 그는 지수에게 운동화를 가져왔냐고 물었다. 지수는 옆에 들고 있던 가방을 들어 보이며 그렇다고 대답했다. 가방에는 운동화뿐만 아니라, 운동복, 그리고 영민 씨가 선물해준 수건도 들어 있었다. 하늘색 바탕에 작은 별들이 그려져 있는 스포츠 타월이었다.

지수는 빠르게 옷을 갈아입고 헬스장 안으로 들어섰다. 먼저 데드리프트를 해볼 생각이었다. 그녀는 바벨에 원판을 끼워 무게를 조정했다. 이제 그녀는 65킬로그램까지 들 수 있었다. 바벨을 들었다 놓을 때마다 피가 빠르게 흐르는 것이 느껴졌다. 살아 있다는 느낌. 좋았다. 장소도 기구도 다 새로웠지만, 운동만큼은 익숙했다. 그녀는 늘 하던 대로 호흡을 가다듬으며 데드리프트를 끝까지 마쳤다. 그리고 덤벨 운동으로 넘어가려는 순간, 그녀 눈을 사로잡는 기구가 있었다.

등 운동을 하는 풀업 기구였다. 처음 헬스장에 갔을 때, 그러니까 홀린 듯 안으로 들어갔을 때, 그 여자가 하고 있던 운동이 바로 풀업이었다. 하지만 지수의 헬스장에는 최신형 풀업 기구가 없었다. 그래서 여자는 철봉 기구 아래에 밴드를 묶어서 반동을 줄 수 있는 장치를 만들었다. 그렇게 풀업을 했다. 영민 씨도 지수에게 그 방법대로 풀업을 가르쳐줬다. 하지만 지수는 그 운동이 익숙해지지 않았다. 밴드에 의존해서 상반신을 들어 올리기에는, 지수의 다른 근육들이 너무 빈약했다. 그래서 지수는 풀업 연습을 중단했다. 차라리 다른 운동을 더 연습한 뒤, 새롭게 도전해보겠다고 생각했었다.

하지만 눈앞의 이 기구에는 다리를 올릴 수 있는 받침대가 있었다. 그렇다면 훨씬 안정적으로 몸을 들어 올릴 수 있을 것이다. 이걸로 계속 연습을 하다 보면, 언젠가는 철봉에 밴드만 걸어놓고 풀업을 할 수 있지 않을까. 지수는 그 모습을 상상해보았다. 지금보다 더 크고 강한 몸. 편안하게 움직이는 팔과 다리. 정말로 그런 날이 올까? 그렇게 변할 수 있을까? 그래 그럴지도 몰랐다. 어쩌면 이곳은 지수의 궁전이 될지도 몰랐다. 그래. 정말 그랬다. 그러자 문득 지수는 스스로가 낯설게 느껴졌다. 이런 기대와 마음, 생각들이 정말로 내 것이었나? 마치 꼭 다른 차원에 존재하는 자기 자신을 지켜보는 기분이었다. 그래, 전혀 다른 라이프스타일.

하지만 지수는 금세 생각을 털어냈다. 지금 중요한 건 상상이 아니었으니까. 그녀는 받침대에 무릎을 대고 섰다. 양 팔을 기구에 걸었다. 힘을 줘서 손잡이를 꽉 잡았다. 그래, 이제 올라가면 된다. 올라갈 것이다. 지수는 등의 움직임과 느낌에 집중했다. 천천히, 몸이 공중으로 떠올랐다. 별로 무섭지 않았다.

자극점 찾기

소유정

　기존의 가족 로망스에서 배제되었던 어머니와 딸, 그리고 또 다른 딸이 그리는 관계를 중심으로 하는 '여성 가족 로망스'의 주요 쟁점은 소외된 이들 사이의 관계에서 드러나는 연대였다. 모녀 관계 또는 자매 관계에서 피어나는 사랑과 연대가 가부장적 이데올로기가 굳건히 자리한 가족 로망스의 해체를 가능케 한다고 보았던 것이다. 특히나 이때 자매 관계에서는 무엇보다 수평적인 연대가 중요하게 여겨진다. 여성 사이에서도 존재할 수 있는 수직적인 권력 관계를 거부한다는 의미이다. 그렇다면, 이 소설은 어떤가.

『풀업』이 어머니와 두 딸이 등장하는 여성 가족 서사라는 점에서 위에서 이야기한 여성 가족 로망스의 전개를 기대해볼 수도 있겠다. 하지만 이 안에서 그에 걸맞는 유효한 관계가 성립되는 건 엄마인 영애 씨와 둘째 딸 미수뿐이다. 심지어 미수와 지수, 두 사람 사이에는 자매 관계의 유대나 연대의 감정이 보이지 않는다. 이는 미수가 그들 가족 내에서 딸이나 동생보다는 실제적 가장의 역할에 가깝기 때문이다. 미수는 영애 씨가 집을 살 때나 지수가 전세 사기를 당했을 때 아무 말 없이 돈을 보태고, 집안의 크고 작은 행사를 나서서 이끈다. 어머니가 자랑할 수 있고, 의지할 수 있는 유일한 존재로, 미수는 경제적 또는 정신적으로 집안의 가장 역할을 해왔다. 그렇기에 이 소설에서의 여성 가족 로망스는 성립되지 않는다. 비워지지 않은 가부장의 자리, 그 안에서 또 다른 방식으로 작동하는 이데올로기 안에서 배제되는 사람은 여전히 있다. 이 소설의 주인공 지수의 이야기이다.

지수가 영애 씨와 미수에게, 엄마와 동생에게
소외감을 느끼기 시작한 건 5년 전, 그녀가 전세
사기를 당하고 난 이후부터이다. 하지만 전세 사
기 사건은 어머니의 편애와 미수의 멸시를 조금
더 적나라하게 했을 뿐, 가족 공동체 안에서 지수
가 느낀 소외는 사실 어렸을 때부터 계속되어온
것이다. 마치 영애 씨가 키우는 "시들지 않는 식물
들" 뒤에 숨어 있는 "시들다 못해 누렇게 말라 비
틀어져 있는 제라늄"처럼, 그것이 "운명"(32쪽)
이라 치부되며. 한결같은 무관심 속에서 지수는
일부러 수다스럽게 떠들었고, 언제나 마음에 대
한 이야기를 했지만, 진심만은 감추었다. "영애 씨
를 향한 진심", 사실은 "엄마인 영애 씨가 어색하
고 불편하다는 것."(29쪽) 그 까닭은 아주 오랫동
안, 생활 곳곳에서 지속되어온 차별과 무관하지
않지만, 지수는 언제나 그늘에 서 있었다. 진심을
내비치지 않고 교묘하게 비껴가며, 완전히 버림받
지 않고 여전히 함께 살아가는 방식으로, 입을 다
문다. 가부장제의 존속을 가능케 하며 여성을 수
동적인 존재로 규정했던 여성 침묵의 신화와 같이

지수의 침묵은 모녀애와 자매애가 결여되어 있는 여성 가족 내에서도 유사한 논리로 작동된다.

가족 관계 내에서의 연대를 이루지 못한 것뿐만 아니라 그것이 소외당한 이의 침묵으로 이어지는 바, 이는 한 개인의 주체성을 잃게 만든다는 점에서 문제적이다. 가족 관계에서의 영향으로 지수의 주체성이 희미해지는 모습은 소설 곳곳에서 발견된다. 그 중에서도 지수에게 가장 큰 영향을 주는 건 전세 사기 이후 어머니의 집에 얹혀살고 있다는 점이다. 물론 어머니의 집에 머무르는 5년 동안 대출금을 모두 갚고, 돈을 모으고 있으므로 다시 독립할 수도 있었지만, 실패를 반복할 수도 있다는 생각에 그녀는 쉽게 독립을 결정하지 못한다. 실패에 대한 두려움으로 자신의 이름 앞에 "마이너스 부호"를 떠올리던 시절을 지나 대출금을 모두 갚았던 날, "모든 것을 잃은 여주인공이 행복을 찾는 이야기"(54쪽)의 영화를 보고 돌아온 지수는 미수의 한 마디에 또 다시 빚을 떠안는다. "언니는 좋겠다. 혼자 영화도 보고."(58쪽) 그것은 온전히 지수의 것이라 할 수 없는 책임에 대한

"책망"(57쪽)이었다. 때문에 그녀의 억눌린 욕망이나 인정 욕구와 같은 감정들은 현실에서 오직 무거운 빚과 같은 침묵으로 일축된다. 그것들이 발화의 기회를 갖는 건, 오직 꿈뿐이다. 그마저도 분명한 몸을 가진 언어가 아닌 소리의 형태로만 전해지는 것이다. 멀어진 가족을 향해, 전 남자친구를 향해, 사기 친 집주인을 향해, 그러니까 "얼굴 없는 인간들"(14쪽)로 등장하는 모든 원망의 대상을 향해 소리를 지르다 꿈에서 깨어나는 것, 그리고 무기력하게 앉아 고요한 새벽 시간을 보내다 겨우 하루를 시작하는 것이 지수의 매일이었다. 그런 지수를 변하게 한 건 베란다 창 너머로 보이는 '그 여자'다. 거의 매일 같은 시간 꾸준히, 지수로서는 "단 한 번도 경험해본 적 없고, 상상해본 적 없는 운동"(36쪽)을 하는 여자를 보고 그녀는 홀린 듯 아파트 헬스장에 등록한다. 그리고 그곳에서 여러 운동을 조금씩 배우며 "아주 조금이나마 앞으로 나아가고 있다는 기분. 그런 사람으로 살아가고 있다는 뿌듯함"(69쪽)을 처음으로 느낀다.

우연처럼 시작한 운동이지만 새로운 감각으로 몸을 깨운다는 것은 영애 씨의 집에 살고 있는 현재의 상황과 무관하지 않다. 우리의 신체를 하나의 공간으로 치환하자면, 몸은 분명한 사적 공간이다. 그러나 지수의 몸도 그렇다고 할 수 있을까? 지수가 함께 있지 않던 시간에 벌어진 엄마의 사고가 은근히 그녀의 책임으로 돌아가는 것처럼 지수의 몸은 영애 씨의 집, 〈무궁화 궁전〉에서 온전히 자유롭지 않다. 악몽을 꾸고 깨어난 새벽, 소리 없이 정물처럼 놓여 있는 지수의 모습이 그러하듯 말이다. 이처럼 가족 내에서의 은근한 차별과 소외가 지수의 몸을 사적 공간으로 기능하지 못하게 하며 통제하는 바, 그녀에게 운동은 단순히 새로운 움직임 이상의 의미를 갖는다. "꿈과는 전혀 다른 방식으로"(68쪽) 깨어나는 감각을 배우며 변화를 체감하는 것만 아니라, 가족 내에서도 경험하지 못하는 연대의 감정을 느끼기도 하니 말이다. 아무에게도 그런 말을 들은 적이 없었기에 "내게 왜 이렇게 말하는 거지?"라는 의문을 갖게 했던 트레이너 영민의 "강한 확신이 담긴 목소리"(42쪽)

는 정말로 지수를 계속해서 하게 만든다는 걸 부정할 수 없었다. 지수를 헬스장으로 이끌었던 그 여자 역시 마찬가지였다. 특별한 대화를 나누거나 서로에 대해 많이 알지 않아도 친밀함을 느꼈던 건 "매일 규칙적으로 몸을 움직이는 사람"(72쪽)이라는 점에서 동질감을 느꼈기 때문이리라.

웨이트 운동으로 근육의 자극점을 느끼며 점차 몸을 깨워가던 때, 미수와 지수 사이의 관계의 자극점이 건드려진 사건이 있었다. 영애 씨의 생일을 기념한 가족 식사 자리에서의 갈등이 그것이다. 지수가 헬스장에 다닌다는 사실을 알게 된 미수의 다그침("언니, 혹시 개인 수업 받아? 피티?"(85쪽) "언니, 그 수업 비싸지 않아?" "얼마야?"(86쪽))에 지수는 독립 선언을 하고, 먼저 자리를 뜨는 그녀에게 영애 씨의 귀갓길을 걱정하는 제부를 보며 전에 없던 날카로운 말을 던지기도 한다.("새 차 뽑았다면서요",(90쪽)) 꿈에서도 마찬가지였다. "이전에는 그저 상대를 쫓아가며 (혹은 쫓기며) 소리를 지르는 게 주된 내용이었는데, 요즘은 상대에게 조목조목 뭔가를 따지는 순간"(102쪽)

들이 많아진 것이다. 꿈과 현실을 아우르는 구체적인 변화로 지수도 비로소 자신이 "건강해진 것"(105쪽)을 실감한다. 지수에게 건강은 체력의 증진뿐 아니라 독립이라는 신체적 자유임과 동시에 잃어버린 목소리를 되찾는 일과 다름 아니다. 가족 식사 자리에서의 갈등 이후 미수와의 대화는 지수가 한 주체로서의 건강을 온전히 회복했음을 증명하는 장면이기도 하다. 서로를 온전히 이해할 수 없다면 하고 싶은 말을 다 털어놓자는 생각은 이전의 지수로서는 상상도 할 수 없는 것이었으므로, 전세 사기를 당했을 당시 미수가 빌려준 돈을 돌려주며 그녀가 건네는 말은 서글픈 동시에 쾌감을 선사하기도 한다. "엄마가 너만 보고 있을 때…… 부담스럽지?"(112쪽)

지수가 미수에게 그런 말을 건넬 수 있었던 건, 지수가 마침내 스스로를 인정했기 때문일 테다. 빛이 들지 않는 그늘에서 시들어가고 있다는 사실을, 그것을 모른 체하려 수다스럽게 떠들어도 돌아오는 것이 없다는 사실을, 꿈에 등장하는 원망의 대상 중 영애 씨와 미수도 있다는 사실을, 그들이 그만큼 미웠지만 가족이라는 이름 아래 그런 감정을 한 번도 토해내지 못했단 사실을, 그러는 자신은, 가족이라는 울타리 바깥으로 완전히 내몰리지 못하고 발을 걸치고 있었으면서. 또한, 지수는 인정한다. 가족을 진심으로 사랑하면서, 진심으로 미워한다는 것을. 몸소 익힌 변화의 감각을 바탕으로 더는 이해하지 않고 그저 인정하며, 지수는 자신의 다음을 향해 간다.

『풀업』은 삶의 자극점을 찾아가는 한 여자의 이야기다. 당연하게도 그것은 단번에 깨우칠 수 있는 감각이 아니다. 온몸을 관통하는 통증을 참아내고, 멈추지 않고 나아가야지만 느낄 수 있는 것이다. 지수가 자신의 움직임에 집중하는 사이, 자신의 언어를 잃은 초점 화자에 힘을 실어주는 건 괄호 안의 목소리다. 강화길의 소설에서 괄호 안의 서술자는 우리에게 낯설지 않다. 예컨대 『다른 사람』(한겨레출판, 2017)에서 괄호 안의 목소리는 폭력의 면면을 낱낱이 폭로하는 것이었다. 『풀업』의 괄호는 그와 같고도 다르다. 괄호 안의 여전히 핍진하고 세밀하지만, 침묵하는 지수에 대한 부연 설명으로 우리를 인물 곁에 더 가까이 닿게 만든다. 그리고, 지수가 자신의 언어를 찾게 되는 때, 그러니까 소설의 말미에 이르러서는 괄호를 벗고 그녀의 목소리와 한 몸이 된다. 동시에 지수는 이제 '나'에 대해 말할 수 있는 사람이 된다.

소설의 마지막 장면은 새로운 도전의 시작과 같다. 풀업은 지수가 시들어 있던 어느 새벽, 그녀가 처음 헬스장을 찾았던 날 그 여자가 하고 있던 운동이기도 했으므로. 지수를 여태껏 경험해본 적 없는 세계로 이끈 기구 앞에서 그녀는 조금씩 몸이 공중으로 떠오르는 것을 느낀다. 아직은 "정말로 그런 날이 올까? 그렇게 변할 수 있을까?"(116쪽) 하는 의구심이 들지만, 지수는 지금의 감각을 결코 잊지 않을 것이다. 그간 새롭게 익힌 몸의 감각으로 여성 가족 내에서의 소외와 자기혐오를 극복하였듯, 지금의 새로운 감각을 발판 삼아 자기 서사를 재구축할 수 있으리라. 아래에서 위로, 수직운동하며 솟아오르는 지수의 몸짓은 그러한 성장의 징표와 다르지 않다.

풀업

지은이 강화길
펴낸이 김영정

초판 1쇄 펴낸날 2023년 8월 25일

펴낸곳 (주)현대문학
등록번호 제1-452호
주소 06532 서울시 서초구 신반포로 321(잠원동, 미래엔)
전화 02-2017-0280
팩스 02-516-5433
홈페이지 www.hdmh.co.kr

ISBN 979-11-6790-216-0 04810
     978-89-7275-889-1 (세트)

* 책값은 뒤표지에 있습니다.

현대문학 핀 시리즈 소설선 ───────